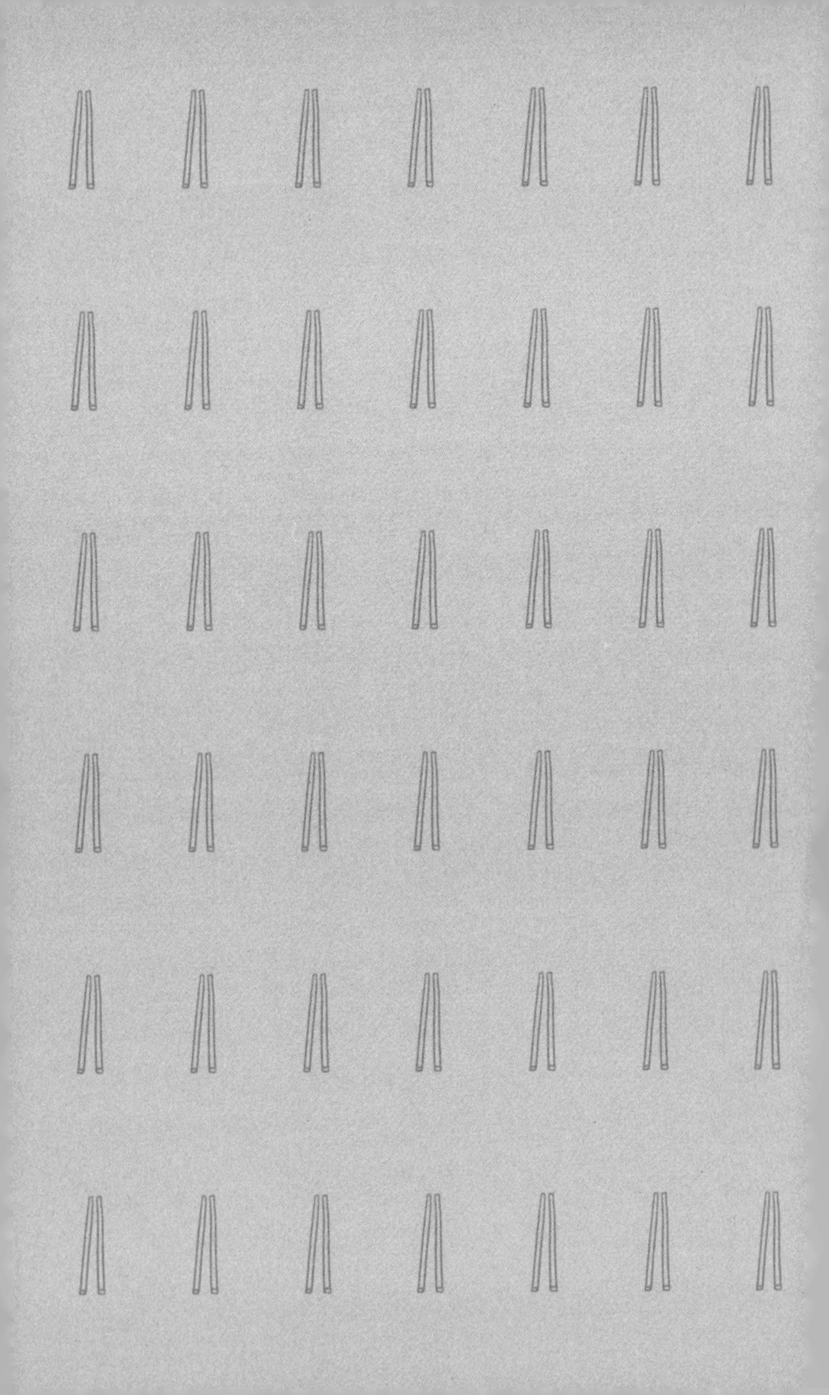

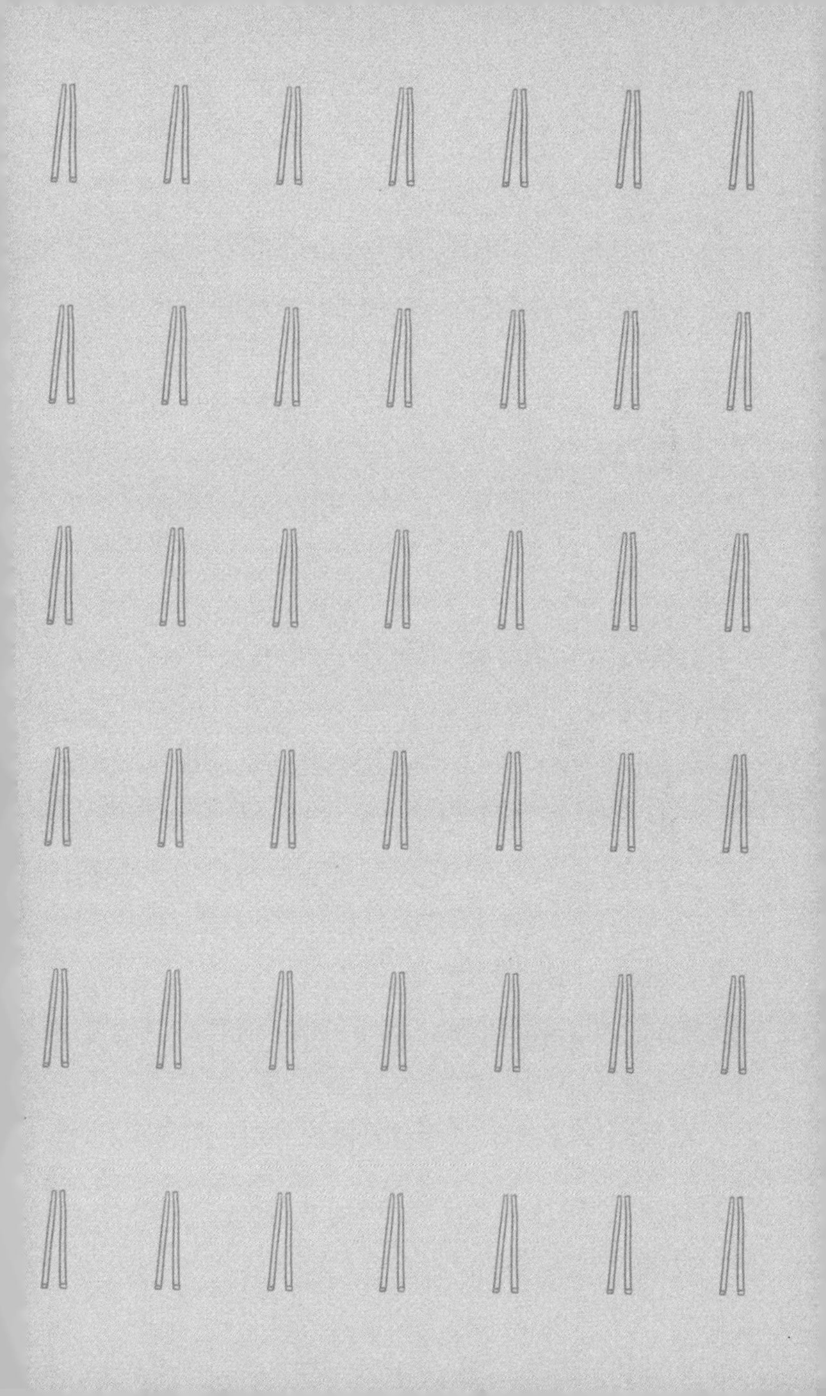

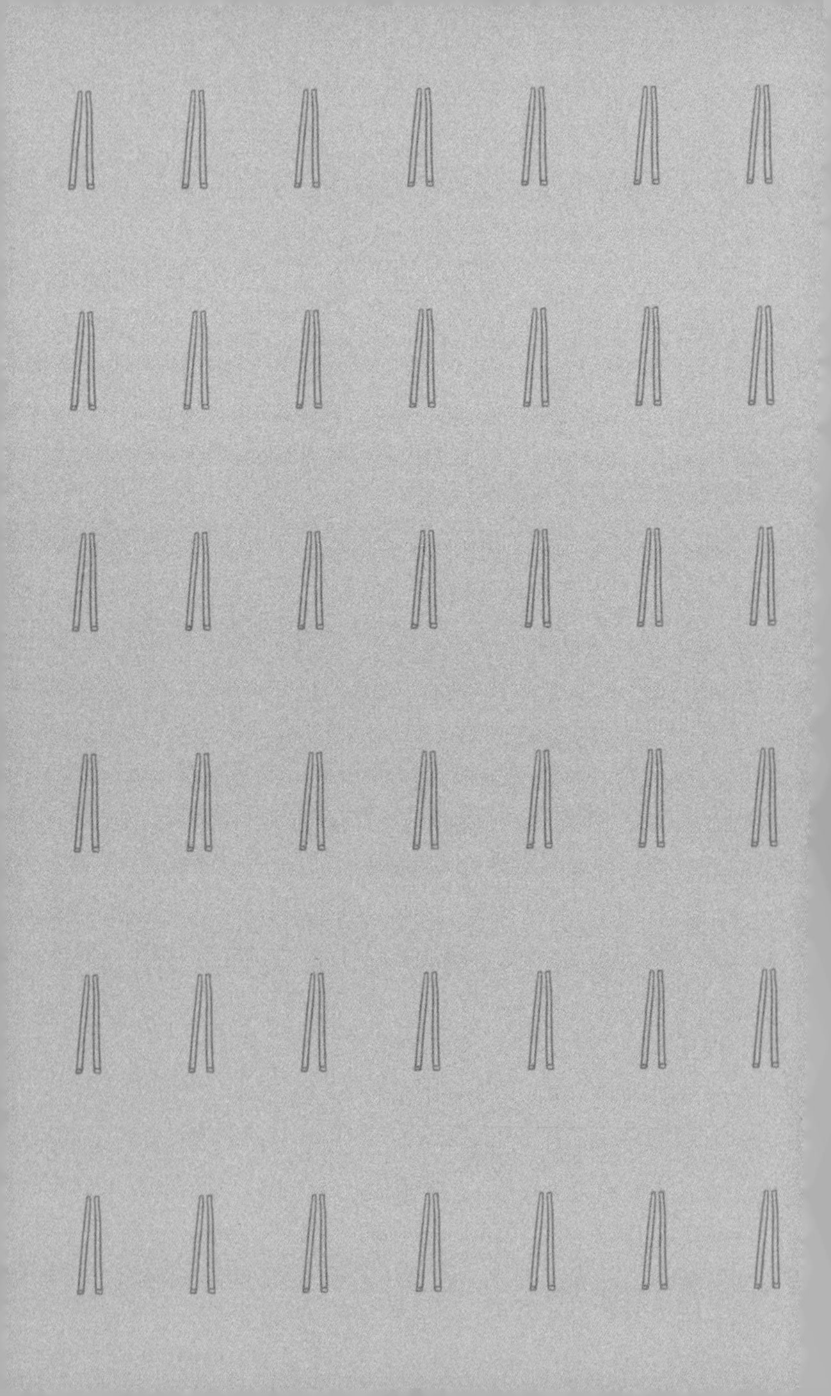

자극은
불닭볶음면으로
충분합니다

자극은
불닭볶음면으로
충분합니다

초판 발행 2020년 9월 1일
지은이 권혁일 **펴낸이** 이성용 **책임편집** 박의성 **책디자인** 책돼지
펴낸곳 빈티지하우스 **주소** 서울시 마포구 양화로11길 46 504호(서교동, 남성빌딩)
전화 02-355-2696 **팩스** 02-6442-2696 **이메일** vintagehouse_book@naver.com
등록 제 2017-000161호 (2017년 6월 15일) **ISBN** 979-11-89249-40-3 03810

· 빈티지하우스는 독자 여러분의 투고를 기다리고 있습니다. 책으로 펴내고 싶은 원고나 제안을 이메일(vintagehouse_book@naver.com)으로 보내주세요.
· 파손된 책은 구입하신 서점에서 교환해 드리며 책값은 뒤표지에 있습니다.

자극은
불닭볶음면으로
충분합니다

#온갖_자극으로_피로한_삶

#무자극이_필요해

#자극_없이_편안한_삶을_위한

#무자극_힐링_에세이

#무자극콘텐츠연구소

#권혁일_지음

차례

들어가는 말 자극은 불닭볶음면으로 충분합니다 · 009

part 1 치명적인 자극 013

1-1 인간관계 - 나 자신과의 관계 015

인간관계의 시작은 나로부터

나는 나를 편안하게 해 줄 수 있는 사람일까?

나는 남들보다 잘난 게 없어

마이웨이를 외치고 싶은 소심이

나만 취향이 없어

외로움은 내가 만든 감정이다

1-2 인간관계 - 타인과의 관계 055

인간관계는 내가 담을 수 있는 만큼만

좋은 관계란 무엇인가

인간관계, 마음의 크기를 따진다
기대하고 실망하고, 어쩌면 나의 욕심
인간관계의 상처를 보듬는 싸구려 감성 위로

2 돈을 버는 일 ---- 089

돈 생각을 하는 순간 자극은 시작된다
취업 준비, 나 때도 말이야…
돈보다 사람 때문에 지칠 때
지금 하는 일, 적성에 맞으세요?
숨이 탁 막히는 업무량
이직의 기로에 서다
퇴근 후에 내 시간이 없다
내가 일을 잘 하지 못한다고 느낄 때
그만 둘 수 있으려나
무자극 소비론

3 사랑 ---- 155

사랑은 좋고도 자극적인 것
도대체 내 사랑은 어디서 만나는데요?

썸은 스키처럼 타세요
너와 나의 연락 가치관
기념일을 기념하는 자세
의지를 넘어 의존이 될 때, 다이어트가 필요하다
사랑싸움은 이종격투기
이별이 휩쓸고 간 자리

part 2 일상 속 미세 자극 — 205

기상 시간에 따른 자극 대처법
나쁜 꿈을 꾸었을 때
월요병에 몸부림 칠 때
아침에 입을 옷이 없을 때
피부 트러블
꼬르륵꼬르륵, 장 활동에 대처하는 자세
머리 스타일이 마음 같지 않을 때
출근

이어폰을 집에 두고 왔을 때

버스와 지하철의 타이밍

지각하는 사람의 자세

택시 기사님과의 불필요한 대화

내려야 할 역을 놓쳤을 때

미세먼지

이걸 아껴야 하나, 말아야 하나

주문한 음식이 늦게 나올 때

왜 하필 흰색 옷을 입었을 때 음식물이 튈까?

'도를 아십니까'를 만났을 때

타인의 불평을 듣는 것

축의금, 얼마나 내야 할까?

치과

미용실에서 연예인 사진을 보여준다는 것

광고 전화

보안 프로그램 설치

영양제

여행지에서 싸우지 않는 방법

맞춤법

새해 목표

돈이 없을 때 하필 사야 할 물품이 생기다니

막상 약속에 나가자니 귀찮을 때
타코야끼를 먹고 싶을 때 꼭 현금이 없다
만원 버스·지하철
맥주 4캔 뭐 고르지
내가 응원하는 팀이 졌을 때
복권
(예비)탈모
감기
설거지
참 아까운 배송비
할부
방 청소
씻기 귀찮을 때
이상하게 잠이 안 올 때

맺음말 자극 없는 삶, 어딘가 있겠지 · 294

자극은 불닭볶음면으로 충분합니다

나는 그저 조금 편안하게 살고 싶을 뿐인데, 세상은 나를 가만두지 않습니다. 번잡하고 시끄러운 세상에서 온전히 지키고 싶은 나만의 영역이 있는데, 예의 없이 계속 침범합니다. 자극적이죠. 모든 게 너무 자극적입니다.

요즘 제 머릿속을 가득 메우고 있는 생각이에요. 세상에 내 마음대로 굴러가는 건 없다고 하지만 때로는 너무하다 싶을 때가 있습니다. 작정하고 우리를 괴롭히는 것 같죠. 세상이 형체를 가지고 있다면 정수리를 세게 쥐어박고 싶을 정도예요.

한때는 취업만 하면 모든 일들이 잘 풀릴 줄 알았습니다. 하지만 매콤합니다. 너무 매콤해요. 땀이 뻘뻘 나고 식도가 쓰린 불닭볶음면처럼요. 애써 참고 삼키지만, 그 매운맛은 목을 타고 마지막 출구로 나갈 때까지 우리를 자극합니다. 삼시세끼 불닭볶음면만 먹는 것 같은 세상이니, 어찌 편안할 수 있을까 싶어요.

내가 아무리 작은 존재라고 한들, 나는 나에게 참 소중합니다. 매일 이리저리 치이고 집에 오면 완전히 방전된 채, 작은 스마트폰만 만지작거리는 내 모습은 좀 안타까워요. 한때는 하고 싶은 일도 많고, 잠까지 줄여가며 일을 벌이던 때도 있었는데….

그런 날이 반복되다 보니, 결국 영혼 없이 살아가는 좀비가 되는 건 아닐까 하는 생각이 들더군요. 누구도 원하지 않는 형태의 삶이죠. 그래서 매일 조금씩 연습했습니다. 세상의 괴롭힘으로부터, 극심한 자극으로부터 나만의 영역을 최소한이나마 지킬 수 있는 방법을요.

저는 그것을 '무자극 모드'라고 부르고 싶습니다. 세상이 끊임없이 자극을 줄 때, 마음 속 스위치를 켜서 나만의 영역을 활성화하는 거죠. 마치 소음을 줄여 주는 노이즈캔슬링 이어폰처럼요. 노이즈캔슬링의 원리는 외부의 소음을 감지해 그것을 상쇄시키는 반대 주파수를 쏘는 것이라 해요. 소음을 실제로 없애진 못하더라도, 없는 것처럼 만들어 주는 것이죠.

이 책에서는 그런 역할을 해 줄 수 있는 마음가짐, 태도, 사고 방식에 대한 저만의 이야기를 들려드릴 예정입니다. 때로는 특정한 행동 지침까지도요. 제가 터득한 방법부터 주워듣거나 배운 것까지 탈탈 털어 넣었습니다. 과학적이거나 전문가에게 감수 받은 것들은 아니지만 아무렴 어때요! 우리가 편안해질 수 있다면 그게 제일이죠.

이 책을 한두 번 읽는다고 해서 갑자기 삶이 편안하거나 행복하진 않을 것입니다. 다만 삶의 자극을 조금이라도 덜어낼 수 있는 힌트 정도는 찾을 수 있지 않을까 해요. 힌트를 하나둘씩 모아 내 입맛에 맞게, 내 상황에 맞춰 적용하다보면, 나만의 영역도 차츰 넓혀나갈 수 있을 테지요.

이 페이지는 저와 여러분이 만나는 첫 순간이지만 우선 감사하다는 말씀을 드리고 싶네요. 누군지 모를 여러분의 존재가 있기에 이 책을 쓰며 삶의 자극을 누그러뜨릴 수 있었습니다. 지금 이 페이지에 머물다 지나갈 여러분의 삶 또한 지금보다 조금 더 편안해질 수 있길 바라겠습니다.

Part 1
치명적인 자극

1-1

- 인간관계 -

나 자신과의 관계

인간관계의 시작은 나로부터

삶을 가장 힘들게 만드는 자극이 무어냐는 질문을 받았을 때, 우리는 어김없이 '인간관계'를 순위권으로 꼽곤 합니다. 이 책을 준비하면서도 인간관계를 치명적인 자극의 첫 번째 주제로 선정하는 데 일말의 망설임도 없었죠.

그런데 그 주제를 다룸에 있어서, 출발점을 조금 다르게 가져가 보려고 해요. 타인과의 관계를 이야기하기 전에 '나 자신과의 관계'부터 들여다보는 것입니다. 다른 사람이 나에게 자극을 주는 만큼이나, 나 또한 자신에게 많은 자극을 주고 있을 가능성이 높기 때문이죠. 내 안의 자극이 이미 큰 상태에서는 어떤 사람을 만나더라도 부정적인 방향으로 흘러갈 수밖에 없습니다. 평온한 상태에서는 남들의 말과 행동이 모두 '그럴 수도 있는 것'이라고 느끼지만, 자극을 겪고 있을 때는 사소한 면면들도 모두 스트레스가 되죠.

그렇다고 해서 내 안의 평화만 찾으면 인간관계의 자극도 모두 이겨 낼 수 있다는 뜻은 아닙니다. 다만, 인간관계란 결국 나와 타인이 모두 영향을 끼치고 있는 것이므로, 그중에서 내가 먼저 해결할 수 있는 나 자신의 마음부터 다스리고 가자는 의미지요.

현대인들은 그 어느 때보다 자신과의 관계에서 혼란을 느끼고 괴로움을 호소하고 있어요. 사회가 복잡해지고 잔인해질수록, 나는 나 자신이 어떤 감정, 어떤 생각을 가지고 어떻게 행동해야 할지 어려움을 느낍니다. 이런 혼란이 지속될수록 나는 나 자신을 괴롭히게 되죠. 우울감, 무기력함, 자존감 하락 등과 같은 형태로요.

진단서의 유무와 상관없이, 현대인은 모두 크고 작은 정신 질환을 앓고 있다는 사실에 전적으로 공감합니다. 누가 봐도 문제 없이 살고 있는 것 같은 사람도, 속마음을 끄집어내 보면 까맣게 타들어 가고 있는 경우도 참 많습니다. 자신감 넘쳐 보이는 사람도 걱정에 떨고, 밝게 웃는 사람도 눈물을 뚝뚝 흘립니다. 내가 처한 상황들을 혼자 힘으로 전부 감당할 수 없어 무너질 것 같은 두려움은 나약한 일부에게만 나타나는 현상이 아니라, 누구나 겪을 수 있는 감정이지요.

내 마음의 문제는 평생 안고 가야 할 숙제입니다. 내가 태어날 때 '나 사용설명서' 같은 것이 동봉되었더라면 좋았을 텐데, 눈 씻고 찾아 봐도 그런 건 없습니다. 하루 24시간 내 마음과 꼭 붙어 있는 나조차도 해결할 수 없는데, 세상 어느 누군가가 갑자기 답을 툭 던져 줄 리 만무하죠.

정답은 아마 수명이 다해 죽을 때까지 찾을 수 없을 거예요. 결국 이 문제는 정답을 찾아 해결하기보다는, 문제의 크기를 줄이는 것이 최선입니다.

저는 그 열쇠가 '사랑과 포용'이라고 생각해요. 아니 이게 무슨 디즈니 영화에나 나올법한 낭만적인 해결책인가 싶지만, 그게 아니고는 도무지 도움이 될 걸 찾기가 어렵거든요. 나 스스로를 지금보다 더 사랑하고, 지금보다 더 이해해 주는 것. 그것이 우리에게는 꼭 필요합니다.

뒤에 이어질 내용에서는, 이 막연한 사랑과 포용을 어떻게 내 삶에 적용해 볼 수 있을지 여러 방면으로 이야기해 볼 거예요. 부디 이 파트가 끝났을 때, 우리 모두 내면의 자극을 극복할 실마리를 거머쥐기를!

나는 나를 편안하게 해 줄 수 있는 사람일까?

나를 힘들게 하는 자극은 보통 외부에서 오지만, 애석하게도 그 자극을 진정시켜야 할 사람은 나 자신입니다. 부당하고 치사한 이치로 느껴지지만, 무엇보다도 나 자신을 위한 일이니 외면할 수는 없습니다. 다른 사람이 그 자극을 더는 데 도움을 줄 수는 있더라도, 결국엔 내 자신이 그 역할을 주도적으로 수행할 수 있어야 진짜 해소를 느낄 수 있습니다.

이때 가장 먼저 해야 할 일은 '내가 어떨 때 편안함을 느끼는

지'부터 이해하는 것이죠. 여러분은 어떤 때 편안해지시나요?

이것저것 바쁘게 치여 살다 보면, 이 부분에 대해 깊게 생각해 볼 기회가 많지 않아요. 그때그때 가장 끌리는 것을 별 고민 없이 선택하며 버틸 뿐이지요.

그 또한 나쁜 방법은 아닙니다. 본능에 충실한 행위로, 스트레스를 순간적으로 해소하는 효과는 매우 뛰어나니까요. 하지만 우리 안에 아주 깊이 쌓인 자극을 풀어 주기 위해선, 이러한 인스턴트 편안함보다는 조금 느리더라도, 천천히 공을 들여 진정한 편안함을 찾을 필요가 있습니다.

이때 다음 두 가지 기준을 충족하면 '진정한 편안함'이 될 수 있다고 생각해요.

1. 걱정이 완전히 사라지는지

약간의 죄책감과 불안함 속에 즐기는 편안함에도 무언가 짜릿한 맛은 있을 테지만, 편안함을 방해하는 요소가 없을 때 진정한 편안함을 느낄 수 있습니다.

머리가 비워진다고도 하지요. 아무 생각이 나지 않는 상태가 아니라, 부정적인 것들이 썰물처럼 빠져나가 내 기억에서 삭제되는 느낌이죠. 작게만 느껴졌던 내 안의 긍정적인 것들이, 부정적인 것에 일체 영향을 받지 않으니 더 크고 온전하게 느껴집니다. 주로 내가 빙구처럼 웃고 있거나, 나도 모르게 부처와 같은 엷고 온화한 미소를 띠고 있는 순간이라고 보면 되겠네요.

2. 곱씹을 만큼의 기쁨인지

진정한 편안함은 실제 물리적인 지속 시간은 짧더라도 전혀 부족하다고 느껴지지 않으며, 나중에 떠올려 보더라도 그 여운이 나를 기분 좋게 하지요. 편안함의 물리적인 지속 시간보다, 어떻게 남는지가 더 중요한 것입니다.

즐거웠던 여행을 떠올려 보세요. 비록 2~3일밖에 안 되었어도, 시간이 지나 추억을 되돌아봤을 때 긍정적인 에너지가 포근하게 피어오르는 것을 느낄 수 있죠. 더 짧게는 혼자 즐기는 커피 한 잔도 여운을 남길 수 있어요. 아주 짧은 시간이었지만, 왠지 '잘 마셨다'고 되뇌게 되는 그런 순간이 있잖아요? 여행처럼 몇 달 후까지 떠올릴 것은 아니지만, 적어도 오늘 하루를 마치고 잠자리에 들 때, 조금이나마 더 편안하게 잠을 청하도록 도와줄 거예요. 다시 돌아가, 내가 어떨 때 진정으로 편안해졌는지 떠올려 봅시다.

오래된 친구와 만나 쓸데없는 얘기까지 다 꺼내 가며 시간을

진정한 편안함은

실제 물리적인 지속 시간은 짧더라도

전혀 부족하다고

느껴지지 않는다.

보낼 때, 혹은 낯선 사람과 새로운 이야기를 나눌 때, 맛있는 음식을 아주 조용한 공간에서 나 혼자 깊이 음미할 때, 휴대폰을 멀리 던져두고 드라마에 온전히 집중할 때. 아니면 그냥 푹 잘 때인가요? 그것도 아니라면 벼르고 벼르던 물건을 월급날까지 꾹 참았다가 확 지를 때가 될 수도 있겠군요.

진정한 편안함에 대해 감이 좀 잡혔다면, 망설이지 말고 쉽게 할 수 있는 것부터 실천에 옮겨 봅시다. 한 번에 찾지 못할 수도 있어요. 하지만 결국 나의 진정한 편안함을 찾아가는 과정이지요.

아예 감을 잡지 못했더라도 큰 문제가 아닙니다. 편안함을 얻는 방법을 모를 뿐, 편안함을 누릴 자격이 없는 것은 아니니까요. 이런 경우에는 일시적인 편안함을 줬던 것을 조금 더 길게 해 보는 것부터 실천하세요. 게임을 하는 것이 즐거웠다면, 좀 더 긴 시간을 집중해서 몰입해 보세요. 실제로 몇 시간 하고 난 후에도, 위에서 예를 든 것처럼 걱정을 잊게 해 주고, 기분 좋은 여운이 남는다면, 그것이 나의 진정한 편안함이 될 수 있어요.

잊지 마세요. 여러분은 여러분의 힘으로 충분히 편안해질 수 있는 사람입니다.

좀처럼 편안해질 수 없을 땐, 우선 지금 가장 많은 시간을 쏟고 있는 일을 잠시 멈춰 봅시다. 포기하거나 외면하는 것은 아니에요. 초록불이 켜질 때 다시 나아가기 위해, 잠시 빨간불에 멈춰 쉬어 가는 것입니다.

나는 남들보다 잘난 게 없어

세상 잘난 사람들을 하나하나씩 짚어 보고 내 자신을 돌아볼 때면, 세상에 이렇게 한심하고 부족한 사람도 없어 보입니다. 꼭 멀리 둘러볼 필요도 없습니다. 주변만 봐도 비슷한 기분이죠. 다들 어찌 이리 잘났는지. 왜 나만 특출한 점이 없는 걸까…. 그런 생각에 잠겨 있는 와중에, 거울에 비친 나를 보면 이런 말이 튀어 나옵니다.

"와, 못생겼네."

몇 살이라도 더 어렸을 땐 젊은 맛이라도 있었는데, 이제 점점 시들시들한 느낌입니다. 피부는 눈에 띄게 나빠졌고, 머리 스타일도 딱히 마음에 들지 않고(혹은 없어져 가거나), 피곤함만 덕지덕지 붙어서 어디 하나 생기 있는 곳은 찾아보기가 힘듭니다. 그걸 지워 내려고 입술에 립밤이라도 발라 보지만, 기름기만 흐를 뿐 못생김은 그대로죠.

나라는 사람은 키가 작고 어깨도 좁습니다. 좀 뚱뚱하고 눈도 작아요. 에이씨. 부모님, 낳아 주셔서 정말 감사하지만, 솔직히 가끔은 더 잘나게 낳아 주셨으면 좋지 않았을까 하고 생각한 적도 있었어요. 5cm만 컸어도, 골격이라도 타고났어도, 살이 덜 찌는 체질이라거나 콧대가 좀만 높았어도…. 저는 뭐가 돼도 지금보다는 잘됐을 텐데요.

너무 외적인 것에만 집중하진 말자고요. 이렇게 태어난 걸, 뭐 이제 와서 어떻게 하겠어요. 우리는 전자제품이 아니라서, 보증 기간이나 무상 수리 기간이 없잖아요. 일단 태어나면 반품이나 교환이 안 되죠.

외모보다 중요한 건 내면이라는 말도 있듯이, 내 안에 담긴 것으로 시선을 옮겨 봅니다. 음, 공부를 잘했나? 말재주나 글 솜씨가 좋나? 운동을 잘하나? 아니면 예술적인 감각이 있나? 어렸을 땐 그중 하나라도 있다고 믿었는데, 나이가 들수록 점점 아닌 것으로 밝혀지는 이 기분.

'아니야, 그래도 뭐라도 있을 거야. 노래를 잘하나? 아닌데. 춤을 좀 추나? 아닌데. 요리를 잘하나? 아닌데. 그럼, 성대모사는? 별로. 붓글씨를 잘 쓸 수도 있지 않나? 전혀. 아니면 곤충을 잘 잡거나, 뜨개질을 잘하진 않을까? 그럴 리가. 음… 그럼 숨은 좀 쉬나?'

그래도 나는 착하긴 하죠? 솔직히 말해서 예전엔 그렇다고 생각했어요. 근데 점점 착하지도 않은 것 같아요. 나쁜 짓을 했다는 건 아닌데, 그래도 자신 있게 '나는 착한 사람이야'라고 말하기엔 어딘가 찔리는 구석이 있어요.

"……"

조금 더 써 볼까도 했는데, 쓰다 보면 괜히 제 기분만 나빠질 것 같고, 페이지도 꽤 많이 잡아먹을 것 같아서 우선은 의도적으로 멈춰 봤습니다. 저를 포함해 많은 사람들이 스스로에 대해 이런 마음을 갖고 있는 것 같아요. 물론 아닌 사람도 있을 겁니다. 그런 분들은 정말 튼튼한 마음을 가지고 계신 분들일 테지요. 부럽습니다. 스스로가 자신을 부족하지 않게 본다는 것이, 생각보다는 정말 어려운 일이니까요.

하지만 많은 분들이 저처럼, 제가 앞서 쓴 글처럼, 스스로를 부정적인 시선으로 바라보고 있죠. 애석한 일이에요. 내가 내 자신을 그렇게 바라보고 있다는 것이.

이런 고민에 대한 해답으로 '나 자신을 사랑하라'는 말을 이곳저곳에서 쉽게 접합니다. 나는 지금 나 자신을 미워하고 있는데, 어떻게 단박에 사랑까지 할 수 있을지 막막합니다. 서로를 미워하는 사이인 사람들이 당장 내일부터 데이트를 해야 하는 것만큼 어려워요.

그래서 제가 그나마 해 보고 있는 일이 '나 자신을 싫어하지 않기'입니다. 어차피 세상 모든 사람을 좋아하는 사람, 싫어하는 사람 딱 두 가지로 나눌 수는 없잖아요? 좋아하는 사람과 싫어하는 사람으로 나누고 나면, '별 생각이 안 드는 사람'이 남게 되죠. 지금 내게 내 자신은 조금 싫어하는 사람 쪽이라 당장 좋아하기는 좀 그렇고, 계속 싫어하자니 그것도 피곤한 일이니까, '별 생각 안 드는 사람' 쪽으로 분류하는 거죠.

예쁘고 잘생긴 건 아닌데, 멀리서 보면 다른 사람이랑 크게 위화감 없이 길거리에 섞여요. 키는 안 큰데 다 보여요. 어깨가 좁은데 있긴 있고, 좀 뚱뚱해도 옷 입고 있으면 또 그렇게 티가 나지도 않고요.

운동은 운동선수도 아니니까 잘 못해도 건강하게만 할 수 있으면 되고. 영어를 못해도, 열심히 살아서 나중에 돈 많이 벌면 어차피 다 통할 거니까 괜찮잖아요? 붓글씨를 잘 쓰거나 성대모사를 잘하는 건, 생각보다 어디 가서 보여줄 데도 많지 않으니 못해도 괜찮고요.

내가 나를 미워하지 않기 위해서는, 길에서 수도 없이 마주치는 '별 생각이 안 드는 사람'을 대하듯 내 자신에게 아무 기준도 적용하지 않는 것입니다. 기준을 정해서 비교를 하고 판단하다 보면 반드시 어떤 결론이 나옵니다. 잘생겼다 / 못생겼다, 잘한다 / 못한다, 풍부하다 / 부족하다 등등 말이죠. 항상 좋은 쪽이면 모르겠지만, 분명 나쁜 쪽으로 맺어질 때도 있기 마련이에요. 그리고 그것에 실망을 하게 되는 게 또 사람이고요. 애초에 기준을 두지 않아야 이런 상황을 피할 수 있습니다.

당장 나를 사랑하는 것이 어렵다면 이렇게 조금은 나에게 무뎌져 보세요. 그렇다고 날 포기하는 건 아니에요. 평생 동안 해오던 자가점검과 평가를 잠시만 쉬자는 겁니다. 지금까지는 스스로에게 너무 엄격하고 가혹했잖아요. 그걸 풀어 줄 사람도 바로 나 자신이죠.

그렇게 조금은 무던한 관계가 유지되다 보면, 나쁘게 보였던 점만큼이나 괜스레 괜찮아 보이는 부분도 가끔 눈에 띄게 될 거예요. 엄격함을 내려놓으면 너그러워지기 마련이니까요. 그런 부분들이 모이면 점점 '나도 괜찮은 사람이구나' 하는 생각까지 닿을 수 있지 않을까요? 나와의 관계는 그 어떤 인간관계보다 오래 가져가야 하니, 이처럼 조금 더 길고 느린 호흡으로 바라보기로 해요.

무자극 모드 on

자신을 미워하는 사람은 어떻게 보면 자신에 대한 관심이 많은 사람입니다. 관심의 방향이 조금만 긍정적인 쪽으로 바뀌면, 정말 못 말릴 만큼의 자기애가 생겨날 걸요?

마이웨이를 외치고 싶은 소심이

남들 눈치 보지 않고, 나는 내 갈 길을 간다!

주변에 이런 태도를 가지고 살아가는 사람들이 한두 명쯤은 있습니다. 문제는 그 한두 명에 내가 포함되지 않는다는 점이죠. 저는 인생 내내 그런 자세와 거리가 먼 사람으로 살아왔습니다. 보통 콤플렉스라 하면 주로 외모에 대한 이야기인데, 이처럼 성격과 관련된 부분도 저에겐 꽤 큰 콤플렉스라고 느껴지더라고요. 내가 남들 시선을 덜 신경 쓸 수 있었다면, 좀 더 편하게 살 수 있었을 텐데….

타인의 시선에서 자유롭지 못한 사람은 정말 피곤합니다. 말과 행동 하나하나에 별의별 의미부여를 해 가며 일어나지도 않은 일까지 긁어모아 걱정하고 있으니, 안 피곤하면 이상하겠지요. 어렸을 땐 이런 일도 있었어요.

막 20살이 되어, 꾸미는 것에 조금씩 관심을 갖게 될 시기였습니다. 당시에 챙이 쫙 펴진 일명 힙합 모자가 유행이었어요. 번화가에 나가면 강렬한 색과 저마다의 개성을 가진 모자를 많이 볼 수 있었죠. 힙합 음악도 즐겨 들었기에, 그런 것에 대한 동경이 있었습니다. 당시 가격이 약 3~5만 원 정도였던 것으로 기억하는데, 시급 4,200원짜리 아르바이트를 하고 있는 처지에 꽤나 고민이 되는 가격이었어요. 고민을 거듭한 끝에 겨우 하나를 살 수 있었고, 짙은 남색에 노란색 로고가 살짝 들어간 비교적 무난한 디자인이었어요. 더 화려한 것들에 대한 마음도 있었지만, 선뜻 용기가 나지 않았습니다(구매 과정 자체도 꽤 피곤했구나 싶네요).

그리고 모자를 처음 착용하는 날이 밝았습니다. 이런 모자를 구입한 것은 처음이었기 때문에, 그에 어울리는 옷은 없었습니다. 좋게 말하면 믹스매치고, 정확히 표현하자면 끔찍한 혼종이었달까요? 어쨌든 이것저것 골라 입고, 대망의 힙합 모자를 걸쳤습니다. 제 모습은 퍽이나 어색해 보였습니다. 거울에 비친 모습을 보고, '이거 너무 나대는 패션인가?' 싶더군요. 지금 생각하면 그렇게 시선을 끌 만한 요소는 1도 없는 무난한 패션이었지만, 당시에는 그랬어요. 처음 쓰는 힙합 모자가 제 눈에는 엄청난 존재감으로 돋보였습니다. 이걸 쓰고 나가면 사람들이 모두 쳐다 볼 것 같고, 쳐다보면 얼굴이 빨개질 것 같고…. (참고로 저는 얼굴이 잘 빨개지는 사람입니다.)

오래전 일이지만 왜인지 모르게 생생하게 기억나요. 모자를 쓰고 나가서, 몇 번이고 썼다 벗었다 했습니다. 마치 어른들 앞에서 예의상 모자를 벗는 것처럼, 저는 계속 타인의 시선을 의식하며 썼다 벗었다 했습니다. 우스워 보였다고 한다면 오히려 모자에 눌린 머리가 더 우스워 보였을 텐데 말이죠. 그리고는 그날 집에 들어와서 모자의 챙을 살짝 구부렸습니다. 쫙 펴진 챙이 주는 멋을 동경하며 구매했지만, 소심한 마음은 결국 챙을 구부리게 만들었어요.

되게 소심했죠? 지금은 모자로 그러진 않지만, 그렇다고 나아진 건 아니에요. 여전히 사소한 걸로도 타인을 신경 쓰곤 하니까요. 직장에서 메시지를 보낼 때, SNS에 사진을 올릴 때, 식당에 가서 무언가를 주문할 때…. 어쨌든 아무와도 접촉하지 않는 일이 아닌 이상은 많이 신경을 쓰고 살아가요.

이런 '소심이'로 제 자신을 돌아보고, 주변이나 인터넷에서 접하는 소심 동지들의 이야기를 종합하면, 우리는 어느 정도 공통점을 가지고 있다는 생각이 들어요. 우선 소심이들은 정말 몇 수를 내다보는 능력을 가졌어요. 엄청난 연산 속도로 결과를 예측해 내는 인공지능 부럽지 않은 능력이죠. 내가 이런 행동을 하면 상대가 이렇게 생각하겠지, 그래서 아마도 날 이렇게 판단할 거야, 그러면 나는 이렇게 설명하고, 또 다르게 생각한다면 나는…. 왜 머리는 꼭 이럴 때만 잘 돌아가는지 모르겠어요. 정작 타인은 별로 신경 쓰지 않을 가능성이 높다는 걸 알고 있지만, 이상하게 마음이 계속 쓰입니다. 그러곤 별 문제 없이 지나가면 세상 걱정 내려놨다는 듯이 안도감을 느끼죠.

그리고 소심이들은 나와 별로 가깝지도 않은, 심지어 다시 보지도 않을 사람까지 엄청 신경 써요. 그 사람에게 잘 보이든 그렇지 않든 삶에서 크게 달라질 부분도 없는데, 나쁘게 보일까

굉장히 걱정합니다. 어떻게 보면 조금의 상처도 받고 싶지 않기 때문이겠죠. 나와 가깝지 않은 사람이더라도, 누군가 나를 나쁘게 보는 사람이 있다면 그게 소심한 나에겐 적지 않은 상처가 되니까요.

결론적으로 소심이들의 생각 구조는 너무 복잡합니다. 세상 대부분의 일은 단순한 게 더 쉬운데, 이상하게도 생각은 단순한 것보다 복잡한 것이 더 쉽게 느껴집니다. 모순적이지요. 단순히 생각하면 몸도 마음도 편할 텐데, 소심이의 생각은 복잡한 쪽으로 흘러가 꼬여 버리고 맙니다(이런 걸 보면 다른 사람들보다 뇌를 더 많이 사용하는 것이 틀림없어 보입니다).

복잡하게 엉킨 실타래일수록 천천히 풀어야 하듯이, 우리는 이 문제를 조금씩 풀어 가야 합니다. 남의 시선에 대한 의식을 스위치를 켜고 끄듯이 할 수 있다면, 벌써 그렇게 했을 거예요. 그렇게 한 번에 변하는 것은 우리가 할 수 있는 선택지가 아닙니다. 그래서 저는 생각의 단계를 줄여나가는 것부터 해 보려고 합니다.

[소심한 사람들의 생각 구조]

내가 어떤 말과 행동을 하면,

→ 남이 '(어떻게)' 생각할 것이다.

→ 그래서 최대한 조심스러운 방법을 찾는다.

→ 하지만 그래도 계속 걱정이 된다.

→ 고민을 계속한다.

→ 찝찝하지만 어쩔 수 없이 결정을 내린다.

→ 상대의 반응을 가슴 졸이며 지켜본다.

→ 상대는 생각보다 아무렇지 않은 반응이다.

→ 그제야 안심한다.

[조금 간소화한 생각 구조]

내가 어떤 말과 행동을 하면,

→ 남이 '(어떻게)' 생각할 것이다.

→ 그래서 최대한 조심스러운 방법을 찾는다.

~~→ 하지만 그래도 계속 걱정이 된다.~~

~~→ 고민을 계속한다.~~

→ 찝찝하지만 어쩔 수 없이 결정을 내린다.

→ 상대의 반응을 가슴 졸이며 지켜본다.

→ 상대는 생각보다 아무렇지 않은 반응이다.

→ 그제야 안심한다.

많이 줄이진 않았어요. 그래도 고민의 단계를 하나라도 줄인다면, 스트레스를 많이 덜어낼 수 있을 거예요. 고민 과정 자체가 우리에겐 큰 고통이니까요. 이 글을 읽고 계신 여러분도 저에게 불특정 다수의 타인이고, 소심이로서 많은 고민을 하며 쓰고 있어요. 제가 10년 동안 고민에 고민을 더해 쓴다고 해도, 분명 누군가에겐 따분하게 느껴질 거예요. 하지만 반대로 좋아해 주실 분들도 분명히 존재할 것입니다.

혼자 하는 고민은 길어질수록 좋은 대답을 내놓기보다는, 나를 더 혼란으로 빠뜨릴 가능성이 높습니다. 여러분의 말과 행동에 대해 약간의 고민은 하되, 그 고민이 너무 길어져 스스로를 힘들게 하는 일은 없었으면 좋겠습니다. 같은 소심이로서, 우리의 생각 구조를 점점 더 단순하게 만들고, 결국에는 남의 시선 따위는 크게 의식하지 않는 마이웨이형 인간으로 거듭날 수 있기를 응원할게요.

무자극 모드 on

나와 가까운 정도를 따져 고민의 강도를 조절하는 것도 좋은 방법입니다. 나와 가까운 사람이 5, 조금 가까운 사람은 4, 알고 있는 정도면 3, 정말 가끔 만나는 사람이면 2, 스쳐지나가는 사람이면 1. 말과 행동을 고민할 때, 각 숫자에 해당하는 횟수 이상으로는 고민하지 마세요. 그 정도면 충분합니다.

나만 취향이 없어

"취미가 뭐예요?"

"인생 영화가 있나요?"

"제일 좋아하는 가수는 누구예요?"

이런 질문과 마주할 때면, 저는 당혹스러움을 느낍니다. 수십 년을 살아오면서 정말 많은 것을 접했는데, 그중에서 막상 좋아하는 것을 꼽아 보라니까 딱히 떠오르는 것이 없어서요. 저 같은 분 또 없나요? 여러분은 도대체 무엇을 좋아하시나요?

이 질문에 당당하게 대답할 수 있는 분이라면, 저는 부러운 마음을 감추지 않겠어요. 항상 그런 분들이 부러웠거든요. 자신이 좋아하는 것을 얘기하며 초롱초롱한 눈빛, 순수한 웃음 혹은 바짝 선 핏대를 보이는 모습. 제게는 한 번이라도 있었나 싶어요.

"네, 저는 아무 '덕질'도 할 줄 모르는 사람입니다."

이상하게도, 재미있게 본 영화나 좋게 들은 노래도 시간이 지나면 금방 잊게 돼요. 어떤 영화를 이야기할 때, 누군가는 정말 사소한 부분 하나하나를 짚어가며 감동을 이야기하는데, 저는 그 부분이 기억나지 않을 때가 많아요. 영화를 재미있게 본 기억은 분명 있는데, 디테일에 대한 기억은 없습니다. 노래도 마찬가지예요. 살면서 가사를 외우고 있는 노래가 몇 곡 없습니다. 꽂혀서 반복적으로 들은 노래도 시간이 지나면 멜로디와 몇몇 단어만 기억날 뿐이죠. 아무래도 저는 그 영화나 노래를 진심으로, 최선을 다해 즐기지 못했나 봐요.

취향은 그 사람을 대변하는 것이라고도 합니다. 그렇다면 저는 취향이 뚜렷하지 않으니, 무색무취한 사람인 걸까요? 이런 고민을 누군가와 공유한 적이 있었습니다.

"이번에 개봉한 〈어벤저스〉 보셨어요?"

"그럼요, 엄청 재미있더라고요."

"저도 재밌게 봤어요. 아이언맨이 진짜 멋있더라고요. 토르도 좋고."

"그죠. 저는 〈헐크〉도 좋더라고요. 제 남자친구는 완전 마블 덕후라서, 캐릭터들의 관계나 영화 곳곳에 숨어 있는 요소를 찾아내면서 엄청 재미있게 봤다고 하더라고요."

"오, 저는 그런 건 잘 모르는데. 그걸 알고 보면 확실히 더 재미있긴 하겠어요."

"그래 보이더라고요. 저도 마블 영화 나올 때마다 보긴 하는데, 덕후까지는 아니라 '그냥 재밌구나' 하고 봐요."

"어떤 분야든 푹 빠져서 즐길 수 있는 사람들은 진짜 좋을 것 같아요. 같은 시간, 같은 돈을 써도 훨씬 큰 즐거움을 얻잖아요."

"그럴 것 같아요. 저도 딱히 그런 분야는 없어서…. 언젠가 만들어야지 싶더라고요."

〈어벤저스〉로 시작해 덕후에 대한 부러움으로 끝난 대화였지요. 이 대화가 있은 뒤로, 몇 번 막연하게 '덕후란 어떻게 만들어지는가'에 대해 생각해 본 적이 있어요. 다시 말하면, '나는 어떻게 그들처럼 뚜렷한 취향을 가질 수 있을까'에 대한 답을 찾기 위한 과정이었죠.

그 답을 찾기 위한 첫 번째 시도는, 내가 어느 정도 좋아하고 있는 것을 의도적으로 좀 더 파 보는 것이었습니다. 재미있게 본 영화가 있다면 그 감독의 영화를 몇 편 더 찾아보고, 좋게 들은 음악이 있다면 그 가수의 앨범을 쫙 훑어 듣는 식이었죠. 나름 재미가 있었습니다. 내가 좋아하는 것을 조금 더 자세히 알아가니, 한층 풍부하게 즐길 수 있었습니다. '엇, 이것이 바로 덕질의 맛인가?' 싶었죠. 그런데 오래가지 못하더라고요. 어느 정도 한계선까지 가니, 더 알고 싶지 않아졌습니다. '이런 거까지 알아야 해?', '이건 거의 공부잖아?' 하는 의문이 생겨나기 시작했어요. 싫증이 나 버린 것이죠.

두 번째 방법으로, 덕질을 하는 주변인들에게 그 비결(?)을 물어본 적도 있어요. 어떻게 하면 그렇게까지 파고들 수 있냐고. 그런데 대부분 거의 똑같은 대답을 하더라고요. 요약하자면 '너무 좋아서', '너무 재미있어서'라는 대답이 전부였습니다.

이런 과정을 거치고 나니, 처음에 원했던 정답 대신 '나는 그런 사람이 될 수 없구나' 하는 결론을 얻게 되었습니다. 될 수 없다기보다, 다른 부류의 사람이라고 말하는 게 더 낫겠네요. 게임을 할 때 캐릭터들을 살펴보면 여러 가지 유형이 있습니다. 어떤 캐릭터는 힘이 세고, 어떤 것은 방어력이 높습니다. 하지만 어떤 캐릭터는 어느 한쪽으로 능력이 높은 건 아니지만, 전체적으로 나쁘지 않은 평균치를 가지고 있습니다. 특정 분야에 한정해서 비교하면 부족하지만, 전체적으로 보면 또 나쁠 것도 없는 올라운드All-Round형.

제가 딱 그런 캐릭터였던 것입니다. 그냥 여러 가지를 적당히 좋아해 가며 흘러가는 삶. 덕후의 삶이 한 가지 분야의 진국을 느낄 수 있는 전문점이라면, 제 쪽은 여러 분야를 조금씩 맛보는 뷔페랄까요? 어느 한쪽이 더 우세한 것이 아니라, 장르가 다를 뿐인 셈입니다.

여러 가지를 조금씩 좋아하는 것 자체도 나를 표현할 수 있는 고유의 취향이 아닐까 해요. 저란 사람은 SF 판타지 조금, 액션 조금, 코미디도 조금씩 좋아하고, 힙합 음악을 즐기면서도 재즈도 좋아하는 혼합형 인간입니다. 커피도 하나의 원두만 사용한 싱글 오리진만의 고유한 매력이 있지만, 여러 가지를 조금씩 섞은 블렌딩 커피도 저마다의 특색을 뽐낼 수 있지요.

뚜렷하게 좋아하는 게 없다고 느껴질 땐, 내가 조금씩이라도 좋아하는 것들을 모아 보세요. 그것을 조합하면, 자신도 꽤나 독특한 취향을 가진 사람이란 걸 알게 될 거예요. 나랑 똑같은 조합을 가진 사람은 세상에 없기 때문에, 우리는 무색무취하지 않습니다.

무자극 모드 on

제가 덕후를 존경하고 부러워하긴 하지만, 존중이 없는 덕후는 딱 질색입니다. 본인의 취향이 소중한 만큼, 타인의 취향도 존중할 수 있어야 하니까요. 혹시 그런 부류의 사람과 마주한다면, 겉으론 고개를 끄덕여 주면서 속으로는 '응 그래, 네 취향 참 고상하다' 하고 넘어갑시다.

외로움은 내가 만든 감정이다

외로움은 사람을 깊고 좁은 구렁텅이로 빠뜨립니다. 혼자서는 결코 빠져나갈 수 없을 것 같아, 누구라도 손을 뻗어 이 외로움의 구렁텅이에서 꺼내 줬으면 하는 생각이 간절해집니다. 혼자, 계속 혼자 있다 보면 더 깊은 곳으로 떨어져 바닥 끝까지 닿고 말 것 같아요. 하지만 바닥마저 등에 닿지 않습니다. 바닥이라도 있다면, 바닥이 어디쯤인지 알 수 있다면, 언젠간 끝난다는 생각에 한숨 돌릴 수 있을 텐데 말이죠.

맞아요. 외로움은 남의 힘을 빌려야 벗어날 수 있어요. 애초에 외로움이라는 게 홀로 되어 쓸쓸한 마음이니까요. 하지만 내가 외로울 때마다 항상 다른 사람의 손을 잡을 순 없습니다. 나도 내 외로움이 언제 찾아올지 모르는데, 그때마다 누군가가 딱딱 맞춰 나타나 주길 바라는 건 기적에 가깝겠죠. 그래서 우리는 쓸쓸한 이 마음을, 홀로 헤쳐 나갈 수 있는 방법을 익혀 두어야 해요.

외로움은 하늘에서 한 번에 쾅 떨어지는 벼락이 아니라, 조금씩 퍼지며 나를 갉아먹는 독가스입니다. 그 말인즉슨, 완전히 퍼지기 전에 잘만 막는다면 깊은 나락으로 떨어지는 최악의 상황은 막을 수 있다는 뜻입니다. 외로움이 스멀스멀 피어오를 때, '골든 타임'을 놓치지 않고 진압해야 해요. 보통 '내 곁에 아무도 없구나' 하는 생각이 외로움의 1차 신호입니다. 나는 지금 이렇게 힘든데, 달래 줄 사람은 어디 있나? 카카오톡 친구 목록은 길게 늘어섰는데, 내가 부를 수 있는 사람은 누구이며, 부른다고 달려올 사람은 또 누구일까?

이런 기분에 가까운 친구 몇 명에게 연락해 보신 적이 한 번씩은 있을 거예요. 그때 타이밍이 딱 맞아 친구를 만날 수 있다면? 외로움은 눈 녹듯이 사라지겠죠. 문제는 누구와도 시간이 맞지 않을 때입니다. 아무도 시간이 나지 않는다고 확인하면, '내 곁에 아무도 없구나' 하는 결론을 내 버리곤 합니다. 하지만 그건 착각일 가능성이 커요. 무슨 일이 있든 발 벗고 달려와 주는 사람만이 내 진정한 친구가 아닙니다. 매일 각자의 일정이 있고, 각자의 피곤함이 있어요. 그걸 무릅쓰고 달려와 준다면야 고맙겠지만, 그렇지 못한 친구를 진정한 친구가 아니라고 속단해 버리는 것은 살짝 벌어진 외로움의 상처에 소금을 뿌리는 것이나 다름없죠. 여러분 곁에 사람이 없는 게 아니에요. 단지 오늘 하루 없을 뿐이에요. 나는 누구에게 버림받은 것도, 외면받는 것도 아닙니다.

그걸 깨달았다면, 이제 행동 요법을 사용할 차례입니다. 외로움의 침투력은 어마어마해서, 잠시만 방심해도 굉장히 깊게 퍼져요. 외로움을 잊기 위해서 자신을 조금 바쁘게 만들 필요가 있습니다. 몸을 움직이는 것도 좋고, 드라마나 영화를 통해 외부의 자극을 계속 넣어 주는 것도 좋아요. 외로움이 퍼질 수 있는 틈을 주지 않는 것이죠. 우리는 이상하게도 외로움이 찾아오면 거기에 몸을 맡겨 버리려는 경향이 있어요. 버텨 낼 수 없을 것 같은 두려움에 날 던져 버리는 것이죠. 우리에게는 아직 저항할 힘이 있습니다. 계속해서 움직이고 다른 생각을 밀어 넣으세요. 외로움아, 너는 여기 들어올 틈이 없다. 다른 곳에 가서 알아 봐라. 나는 혼자서도 바쁘다. 바빠서 너랑 놀아 줄 틈이 없다!

나는 버림받은 것이 아니라고 되뇌고, 외로움에 빠지지 않기 위해 바삐 움직였습니다. 여기까지 잘 하셨습니다. 어떤 날은 이 정도로도 쉽게 넘어갈 수 있어요. 하지만 어떤 날에는 외로움이 부활의 부활을 거듭해 마지막 묵직한 한 방으로 나를 삼키려 듭니다.

'뭐, 다 했니? 그래도 외롭지? 외롭잖아?'

여기서 많이들 무너집니다. 저도 그랬고요. 마지막 한 방을 버텨 내기가 참 어렵더라고요. 어떻게든 떨치려고 했는데, 결국 내가 굴복하는 느낌. 이만큼 퍼진 외로움은 단지 외면하고 부정하는 방법만으로는 떨쳐 낼 수 없습니다. 이제 어쩔 수 없이 외로움과 정면으로 마주해야 합니다. 목구멍에 손을 넣어 토해 내는 것이 아니라 잘근잘근 소화시켜서 배설해야만 합니다.

외로움을 쫓아내기 위해 했던 모든 생각과 행동을 멈추고, 조용한 공간에 나와 외로움 단 둘만 남겨 놓습니다. 그리고 외로움에 집중합니다. 여기서 명심할 것은, 외로움도 감정이라는 것입니다. 외로움을 만든 요인은 외부에서 왔을 수도 있지만, 결국 외로움을 만들어낸 것은 내 마음입니다. 내 마음에서 태어난 것이기 때문에, 그것을 사라지게 할 수 있는 힘도 내 마음에 있죠. 외로움이 주는 무게감을 느끼며 나에게 하나씩 질문을 던집니다.

- 나는 왜 외로울까?
- 예전에도 이와 비슷한 감정을 느낀 적이 있었나?
- 있었다면 그때는 어떻게 이겨 내고 지금까지 왔을까?
- 무엇을 채우면 이 외로움이 사라질까?
- 외롭다기보다는 내가 가진 복잡한 감정들을 외로움이라는 감정 하나로 퉁치려는 것은 아닐까?
- 이 외로움을 눈물로 배출하려면, 몇 리터쯤 흘려야 될까?
- 혹은 한숨으로 뱉어 내려면, 얼마나 푸우 푸우 소리를 내야 할까?

이놈의 외로움이 도대체 무엇 때문에 시작되었는지 알 수 있을 때까지 나에게 질문을 던집니다. 이곳엔 나와 외로움 단 둘뿐이니, 감추지 말고 모든 것에 대해 질문하고, 모든 것에 대한 답을 찾아봅니다. 완전히는 아니더라도, 외로움의 이유들과 그것을 해소하기 위해 내가 할 수 있는 일들에 대한 힌트를 얻을 것입니다.

외로움을 만든 요인은

외부에서 왔을 수도 있지만,

결국 외로움을 만들어낸 것은

내 마음입니다.

도움이 될 만한 것을 찾지 못할 수도 있습니다. 하지만 외로움과 정면으로 맞서는 이 과정이, 내가 외로움에 마냥 잡아먹히기만 하는 사람은 아니라는 자신감을 심어 줍니다. 외로움이 찾아와도 당당하게 마주할 수 있는 힘을 실어 줍니다. 외로움도 결국 감정이기 때문에, 분노나 서운함 따위의 감정을 떨쳐 냈던 것처럼, 이 또한 내 의지로 조절할 수 있습니다.

외로움의 상처를 누군가가 꿰매 줄 때까지 기다리다가는 과다출혈이 생깁니다. 그전에 내가 할 수 있는 지혈을 해 둔다면, 출혈은 막고 누군가가 나타나 줄 시간을 벌 수 있어요. 외로움이 찾아오면, 쫓아내고 밟고 마주하세요. 아무것도 하지 않고 누군가의 손길만 기다린다면, 외로움은 그 틈에 나를 잡아먹으려 할 테니까요. 다른 이의 힘을 빌리는 것은, 내가 할 수 있는 조치를 다 취하고 난 뒤에도 늦지 않습니다.

무자극 모드 on

혼밥, 혼술, 혼영 등 혼자 트렌드가 생겨서 다행입니다. 예전에는 외로운 사람만 하는 것이라 여겨졌지만, 이제는 굳이 시간을 내서 하기도 하잖아요.

세상은 이처럼 혼자 있어도 외롭지 않을 장치들을 계속 만들어 내고 있습니다. 우리가 외로움과 싸울 무기도 점점 더 많아지겠지요. 가드를 바짝 올리되, 선제공격도 툭툭 던집시다. 잽! 잽!

1-2

- 인간관계 -

타인과의 관계

인간관계는 내가 담을 수 있는 만큼만

인간은 서로를 괴롭히는 동시에 서로를 너무나 필요로 하는 존재입니다. 네? 무슨 소리냐고요?

"인간은 사회적 동물이다"라는 말을 한 번쯤 들어 보셨을 것입니다. 사회적 동물이라 함은 사회에서 갖가지 고통을 겪으며 살아간다는 동시에 사회가 없으면 안 되는 존재라는 뜻이기도 합니다. 인간이 인간에게 줄 수 있는 고통은 엄청나지만, 인간만이 인간에게 줄 수 있는 긍정적인 에너지 또한 엄청납니다. 우리는 어떤 사람 때문에 잔뜩 스트레스를 받다가도, 좋은 사람을 만나면 언제 그랬냐는 듯 행복을 느끼잖아요.

'인간관계가 고민이다'라는 말을 할 때는 두 가지 측면이 있다고 봐요. 하나는 어떤 인간관계가 너무도 스트레스여서 벗어나고 싶을 때와, 어떤 인간과의 관계를 맺고 싶을 때죠. 그래서 인간관계에 대해 다루는 이 챕터에서, 첫 번째 주제로 시작 단계에서 겪는 어려움을 먼저 다뤄 보고 싶어요.

모든 분야에서 시작이 참 중요하지만, 인간관계만큼 시작이 중요하면서도 어려운 분야도 없습니다. 여러분은 관계의 시작을 어떻게 맺고 계신가요?

저는 낯선 사람을 만나 관계를 형성해 나가는 걸 매번 어려워했고, 지금도 어려워하고 있어요. 그런 상황에서 저는 얼굴이 잘 빨개집니다. 누가 봐도 빨개졌다는 상태를 알 수 있을 만큼이요. 어렸을 땐 그게 정말 창피했어요. 얼굴이 빨개지면 그걸로 많이 놀리잖아요. 얼굴이 빨개지는 게 뭐 그리 웃긴 일인지(생각해 보니 조금 재미있는 모습인 것 같기도 합니다).

처음 보는 사람들과 말을 나누고, 무언가를 같이 할 때면 어김없이 얼굴이 빨개졌습니다. 제게 어떤 질문을 해 오면 얼굴이 붉어지기도 하고, 어떨 때는 제가 먼저 말을 뱉어 놓고 빨개질 때도 있었어요.

얼굴이 빨개지는 현상의 생물학적 원리는 모르겠지만, 근본적인 원인은 제 마음에 있다고 생각해요. 낯선 사람과 있을 때면 저는 그 사람들을 너무 많이 신경 썼습니다. 내 첫인상이 안 좋으면 어쩌지? 자주 봤던 사람이라면 잠깐 실언을 해도 대수롭지 않게 넘길 텐데, 혹시 저 사람은 나쁜 쪽으로 받아들이면 어떡하지? 괜스레 오해 사는 건 싫고요….

처음 만난 사람과도 스스럼없이 친해지는 '미친 친화력'의 소유자들이 부러웠습니다. '저 사람의 DNA는 어떻게 생겨 먹었을까?'라는 생각까지 들었어요. 저렇게 살면 인생 참 편하겠다, 싶은 거 있죠. 나도 저 사람이랑 친해지고 싶은데 말이 떨어지지 않아서. 아니 애초에 무슨 말을 해야 할지 떠오르지 않아서. 몇 번 만나야 관계란 것이 이어지기 마련인데, 또 먼저 자리를 만들자니 이것저것 신경이 쓰여서 선뜻 주도하지도 못하고.

그렇게 한참을 사교성 좋은, 친화력 좋은 사람들을 부러워했습니다. 비교하자면 엄청 잘생긴, 예쁜 사람을 부러워하는 마음이랑 비슷한 것 같아요. 나도 저렇게 되고 싶은데, 이번 생에 될 수는 없을 것 같고요.

별 수 없이 저는 비교적 한정된 인간관계를 이루며 살아왔습니다. 사교성 좋은 친구의 SNS를 보면 어찌 그렇게 다양한 사람들을 만나는지. 아, 쟤는 몸이 두 개인 것 같은 느낌이다, 나와는 그릇이 다르구나, 싶더군요.

'아, 그릇. 그래, 용량이 다르네.'

'그릇'이라는 단어를 떠올리자, 생각이 조금 바뀌었습니다. 큰 그릇과 작은 그릇처럼 우리는 용량이 다른 거야. 생각해 보면 큰 그릇과 작은 그릇을 두고 서로의 우월성을 비교하지는 않잖아요? 큰 그릇은 카레를 담기 좋고, 작은 그릇은 콩자반을 담기에 좋은 것이지, 둘 중 어떤 게 더 좋고 말고의 문제는 아닌 것처럼요.

'잘생기고 예쁜 건 부러워할 수 있지만, 각자가 가진 인간관계의 용량이 다르다는 이유로 부러워할 필요는 굳이 없겠구나.'

누구는 인간관계의 그릇이 커서 많은 관계를 쉽게 담을 수 있고, 또 그래야만 가득 찬 느낌을 받을 수 있는 반면, 저처럼 인간관계의 그릇이 비교적 작은 사람은 애초에 수용할 수 있는 양이

큰 그릇과

작은 그릇을 두고

서로의 우월성을

비교하지는 않잖아요?

작았던 것뿐이랄까요. 그래서 쉽게 담지 못하고, 조금만 담아도 감당하기 어려울 만큼 차 버리는 거예요.

이런 사람이 갑자기 용기를 얻고, 친화력이 뿜뿜 상승한다고 한들, 애초에 타고난 인간관계 그릇이 작은데, 많이 채워 넣을 수 있을까요? 아마 매번 흘러 넘쳐, 어떻게 닦아야 하나 괜한 걱정만 늘어나게 될 거예요.

그릇의 용량이 작더라도, 그게 내가 앞으로도 가지고 살아갈 그릇인가 봅니다. 지금 딱 적당히 담겨 있는 내 그릇이 비워지지 않게만 잘 살아야겠습니다.

무자극 모드 on

혹시 지금 그릇이 너무 비어 있어서 허전하신가요? 비싼 레스토랑은 오히려 그게 멋이더라고요. 먹을 건 별로 없어도, 천천히 온전히 음미할 수 있는 기회가 되길 바랍니다.

좋은 관계란 무엇인가

모르겠어요. 좋은 관계가 무엇인지. 태어난 연도와 점점 멀어질수록 몇몇 인간관계가 쌓였는데, 그중에서 진정 좋은 관계는 얼마나 될까요? 모르겠단 말이죠.

정답이 왜 정답인지 모를 때 우리는 오답풀이를 봅니다. 인간관계도 도대체 어떤 관계가 좋은 것인지 모르겠으니, 그럼 나쁜 관계란 어떤 것인지 돌아보는 것도 하나의 해법이 될 수 있지 않을까 해요.

우선 유지하는 게 부담이 된다면 그건 나쁜 관계일 거예요. 자동차도 그렇습니다. 겉모습이 화려해서, 끌고 다니면 어깨에 힘이 절로 들어가는 차(갖고 싶다…)가 있어요. 하지만 막상 타고 다니다 보면 물 먹는 하마만큼 기름을 먹고, 보험료도 비싸 유지비를 감당하기 어려워요. 감당하기 어렵다는 것은 지금 내 모습과는 맞지 않다는 의미입니다. 같이 있으면 내가 조금 더 있어 보이는 사람이 된 것 같아서, 이런 사람을 곁에 한 명쯤은 둬야 할 것 같아서 이루고 있는 관계는 자신에게 큰 부담이죠. 별 탈 없이 잘 가는 것 같다가도, 언젠가는 예기치 못한 상황에서 확 퍼져 버릴 관계입니다. 그래서 나쁜 관계 리스트에 올리도록 할게요.

만나도 썩 즐겁지 않은 관계는 어떨까요? 업무적인 관계로 엮여 있거나, 특수한 사정에 의해 맺어진 그런 관계는 빼고요. 개인적으로 이룬 관계인데, 만날 때마다 지루해 죽겠는 관계가 있는지 돌아봅시다. 함께 있으면 나는 누구인가, 여긴 어디인가 하는 생각이 절로 드는데, 끊기도 애매한 그런 거 있잖아요. 나빠요. 좋지 않아요.

그 다음은 내가 매달리게 되는 관계가 있겠네요. 이런 관계는 자신을 피 말리게 해요. 그만큼 좋아서 매달리기는 하지만, 시간이 지날수록 회의감이 들고 자존감을 떨어뜨립니다. 그런 상태

정답이 왜

정답인지 모를 때

우리는 오답풀이를 봅니다.

가 오래 지속되어 온 관계라면, 내가 더 힘껏 매달리고 퍼준다고 해도 크게 달라질 건 없어요. 상대방에게 우리는 그만큼 소중한 관계가 아니라는 뜻이잖아요. 다 귀한 자식인데, 나를 아껴 주는 사람을 만나야지요.

나를 은근히 얕잡아 보고 아랫사람 부리듯 하는 관계도 나쁜 관계입니다. 어쩌다 몇 번 부림을 당했대도, 계속해서 당해야 하는 사람은 아니잖아요. 이런 관계에 길들여진다는 건 무섭습니다. 나도 모르게 나를 '부려도 되는 사람'으로 만들고 있는 것일지도 몰라요.

'신경 쓰게 만드는 관계'도 있겠습니다. 계속 내가 챙겨야 하는, 그래야만 할 것 같은 느낌? 성향적으로 그게 잘 맞는 분들도 있겠습니다만, 태생적으로 그게 힘든 분들에게는 정말 무거운 족쇄예요. 내 코가 석 자인데, 누군가를 계속 끌고 가야만 한다는 압박에 사로잡히면, 굉장한 스트레스거든요. 힘들어요, 이런 관계.

또 있을까요? 없으면 좋겠어요. 부정적인 것들만 잔뜩 이야기했으니까, 이제 긍정적인 쪽으로 생각을 옮겨 보죠. 지금까지 언급한 관계에 해당하지 않는 것들을 하나씩 떠올려 봅시다. 없진 않을 거예요. 혹시 잔뜩 떠오른다면, 여러분은 축복받은 사람입니다. 사람이 자산이라고 하는데, 그런 맥락에서는 부자나 다름 없죠. 혹시 몇 개 안 떠오르더라도, 적어도 한 개라도 있다면 그것도 썩 나쁘지 않아요. 살면서 좋은 관계 하나만 있어도 삶은 꽤 가치 있는 것이라 할 수 있어요. 그 사람들로 인해 내가 에너지를 얻고, 거기서 얻은 에너지를 좋은 사람들에게 다시 나눠주고. 꽤 괜찮고, 따뜻한 일입니다.

저도 돌아보니 그런 관계가 있어요. 한 개가 넘는 것 같기도 해요. 정말 다행입니다. 자극이 판치는 세상에서, 내게도 단단한 안식처가 있는 기분이니까요. 오늘은 잠들기 전에 그 사람들 얼굴이나 한 번 더 떠올려야겠습니다.

무자극 모드 on

좋은 관계를 곁에 둔 사람은 그만큼 본인도 좋은 사람이라는 뜻입니다. 그러니까 앞으로도 좋은 관계를 또 이뤄 살아갈 거예요.

인간관계,
마음의 크기를 따진다

우리는 보통 무언가를 주면, 그만큼 되돌려 받고 싶어 합니다. 이는 인간관계에서도 크게 다르지 않아요. 누군가에게 잘해 주면, 상대도 내게 잘해 주길 바라게 되지요. 마음이란 게 물리적인 질량도 없는 것인데, 자꾸 자신의 마음과 상대의 마음을 저울에 올려놓게 됩니다. 저울이 수평 상태에 가까울 땐 아무런 문제도 없습니다. 하지만 내 쪽으로 기울어 있다고 느끼는 순간, 나만 손해를 보는 기분이 들기 시작합니다.

'나는 이만큼 신경 쓰는데, 왜 그 사람은 나만큼 신경 쓰지 않는 걸까?' '내가 평소에 이렇게 하는데, 그 사람도 이 정도는 해줘야 하지 않나?'

속이 좁은 일부만의 고민이 아닙니다. 많은 분들이 크고 작게 이런 감정을 느껴 본 적이 있을 거예요. 저도 종종 그런 것을 느끼곤 합니다. 친구를 만날 때도 그러한데요, 그 친구는 죽어도 먼저 만나자고 하지 않아요. 그런 일이 반복되면 왠지 모르게 서운하죠. 나만 그 친구를 찾고, 친구는 굳이 나를 찾지 않는 것 같아서요. 그럴 땐 연인 사이도 아닌데 내가 매달리는 모양새가 된 것 같죠.

친구 사이뿐만 아니라 모든 인간관계에서 공통된 상황입니다. 회사에서도 적용될 수 있어요. 나는 상사, 동료, 후배에게 이것저것을 배려하는데, 상대방은 그렇지 않다고 느껴질 때가 있습니다. 나는 일을 할 때 손 한 번 더 써서 처리해 주는데, 상대방은 내게 기계적으로 처리해서 주거나, 심지어 일부는 떠미는 것처럼 보일 때 등등 말이죠.

이런 상황이 반복되면 우리는 그 관계에 대해 회의감을 갖습니다. 실망하고, 짜증내고, 심하게는 배신감을 느끼죠. 그래도 입

밖으로 꺼내자니 속이 좁아 보일까, 혼자 끙끙 앓는 경우가 대다수지요. 왜 나는 더 많이 주고 덜 받는 사람이 되어야 하는 것인지.

물론 '상대의 마음은 그만큼이구나' 하고, 나도 마음을 덜 쓰기로 결론 내리는 방법도 있습니다. 하지만 저는 그러기 전에 이 관계에 한 번 더 기회를 줘도 괜찮다고 생각해요. 내가 이런 고민까지 하는 관계라면, 그동안 마음을 꽤 쏟아 왔다는 것이고, 내게 이 관계를 유지하고 싶은 마음이 남아 있다는 뜻이니까요. 그런 관계를 '상대의 마음이 나보다 작은 것 같다'는 서운함을 이유로 축소시키거나 잘라 내는 건, 다른 누구도 아닌 내 자신에게 가장 아쉬운 일이 될 가능성이 높습니다.

우선 자신의 마음과 상대의 마음을 저울에서 내려놓습니다. 마음의 크기를 1대1로 비교해 판단하는 것을 잠시 멈추는 거예요. 그다음에는 마음을 주는 일이 높은 곳에서 물건을 꺼내 주는 일이라고 가정해 봅시다. 누구는 애초에 키가 180cm이고, 누구는 160cm일 수 있습니다. 180cm인 사람은 조금만 손을 뻗어도 물건을 꺼내 줄 수 있고, 160cm인 사람은 똑같이 뻗어도 물건에 손이 닿기는커녕 허공에서 손을 휘저을 뿐입니다. 마음도 똑같아요. 서로가 줄 수 있는 마음의 크기가 항상 상대방과 같을 수는 없습니다. 그 사람이 내게 보여 준 마음이 내게는 70 정도라고 느껴져도, 그 사람 기준에서는 90이나 100일 수도 있어요. 신경 쓰지 않으려 해서 신경 쓰지 않은 것이 아니라, 태생적으로 생각이 거기까지 닿지 못하는 겁니다. 누군가에겐 숨 쉬듯 자연스러운 일도, 누군가에게는 애써 신경 쓰지 않으면 불가능한 일인 것이지요.

다시 친구와 연락을 주고받는 예로 돌아가 볼게요. 항상 먼저 연락하는 쪽을 A, 먼저 연락하지 않는 쪽을 B라고 합시다. A는 매번 자신이 먼저 연락하며, B가 먼저 해 주지 않는 점을 서운해합니다. 그리고 그런 것이 쌓여 B에게 실망감을 표출했을 때, B는 이렇게 말하게 됩니다.

"안 하려고 그랬던 건 아닌데…."

이런 말이 핑계에 불과할 수도 있겠지만, 실제로 그게 진심인 경우도 굉장히 많아요. B도 일상 속에서 A를 만나야겠다거나, 연락을 해야겠다고 생각한 적이 있을 거예요. 하지만 항상 A에게 먼저 연락이 왔죠. B는 먼저 연락할 타이밍을 잡지 못했던 것입니다.

평소에 무언가를 챙겨 주는 것도 마찬가지입니다. 회사에서

자신의 마음과

상대의 마음을

저울에서 내려 놓습니다.

누군가 내게 자주 간식을 챙겨 줘서 고맙지만, 나는 왠지 그게 어색하거나 쑥스러워서 그 사람이 해 주는 만큼의 양을 돌려주지 못할 수도 있지요.

마음의 크기는 1대1 비교로만 우위를 판단하기엔 어려운 부분이 많습니다. 객관적이고 합리적인 기준이라고 생각했지만, 그 또한 결국 주관적인 기준에 불과할 가능성이 높습니다. 그렇기 때문에, 이런 문제가 있을 때는 마음의 크기를 비교하기 보다는, '성향 차이'의 관점으로 이해하는 편이 더 좋아요.

'나는 이만큼을 주고 있지만 상대방은 요만큼 밖에 주고 있지 않다. 그런데 그것이 상대방의 입장에서는 나와 똑같은 크기일 수 있다. 마음의 크기보다는 성향의 차이이다.'

그렇게 생각하면, 괜히 의식적으로 내가 주고 있는 마음의 크기를 줄일 필요도 없어집니다. 우리가 꼭 무언가를 바라고 한 행동이 아니라면, 상대에게서 똑같은 것이 돌아오지 않는다고 해도 인위적으로 우리의 행동양식을 바꿀 필요는 없습니다. 내가 항상 친구에게 먼저 연락하는 쪽이라면, 상대에게 연락이 오지 않은 것에 영향을 받지 말고 계속 그대로 하세요. 그게 나에겐 자연스러운 일이고, 내 마음에서 나온 행동이니까요. 그걸 억지로 조절하는 것이 오히려 자신에겐 스트레스가 될 수 있습니다.

서로 다른 사람끼리 만나 이루는 것이 인간관계이기 때문에, 우리는 계속해서 이런 차이들과 마주할 것입니다. 내가 원하는 만큼 받지 못하거나, 반대로 상대방이 바라는 만큼 내가 주지 못하는 경우도 있을 거예요. 전자라면 상대방의 마음의 크기보다는 성향을 헤아려 보고, 후자라면 상대에게 나의 성향을 조금 더 자세히 설명해 보세요. 서로가 진정으로 생각하는 마음을 가진 관계라면, 서로의 성향 차이를 이해하고 더 나은 관계로 나아갈 수 있을 것입니다.

무자극 모드 ON

우리가 가진 가장 소중한 인간관계를 떠올려 보면, 성향이 완전히 잘 맞는 사이라기보다는 성향의 차이마저 극복하고 깊은 이해를 형성한 관계일 가능성이 더 높습니다. 관계란 내가 가지지 못한 부분을 채우고 배워 가는 과정일지도요!

기대하고 실망하고, 어쩌면 나의 욕심

A: 어제 본 영화 재밌었어?

B: 기대 안 하고 보면 괜찮아.

이런 대화를 종종 나눕니다. 내가 A가 될 때도, B가 될 때도 있습니다. 우리는 어떤 것의 가치를 기대감에 따라 굉장히 다르게 받아들일 수 있어요. 엄청난 명작도 기대를 많이 하면 실망하게 될 가능성이 높고, 그저 그런 작품도 기대를 낮추면 의외의 감동이 되곤 합니다. 기대감이란 요소를 완벽히 배제했다면 결코 일어날 수 없는 일이죠.

작품, 사물, 음식을 떠나서 사람에게도 이런저런 기대감을 품습니다.

'그 사람이라면 이 정도 부탁은 들어 줄 거야, 저 사람이라면 지금 내 기분을 정확히 이해할 거야.'

가깝고 잘 아는 사이일수록 기대를 더 많이 합니다. 스스로 생각했을 때, 기대는 그렇게 과하지도 터무니없지도 않죠. 내가 아는 그 사람은 분명 이 정도는 무리 없이 해낼 수 있는 사람이니까요.

누군가가 내 기대감을 충족시켜 준다는 것은 참 고마운 일이지만, 그게 반복되면 기대는 자연스러워집니다. 그리고 조금씩 수준이 올라가게 되죠. 나도 모르게 그렇게 됩니다. 하지만 상대방이 항상 그 속도를 맞출 수는 없어요. 사람의 변화 속도는 그렇게 빠르지 않을 뿐더러, 항상 발전하는 쪽으로만 흘러가지도 않으니까요. 오히려 내가 원하지 않는 방향으로 변화할 가능성도 높습니다.

그때부터 기대는 조금씩 어긋나기 시작합니다. 상대가 내 기대만큼 해 주지 못하면 나는 그 모습에 실망하게 되죠. 이는 서로에게 부담을 줍니다. 상대에겐 내 기대를 충족시키지 못했다는 미안함, 내게는 '내가 이 사람을 잘못 알고 있었나'라는 회의감으로 작용하지요. 이런 상황이 반복되면 나는 상대방에 대한 기대를 조금씩 버리기 시작합니다.

'됐어, 기대도 안 했어. 기대한 내가 잘못이지.'

하지만 인간관계에 대한 기대는 영화와 달라야 해요. 영화는 우리가 정당한 가치를 지불하고 이용하는 서비스입니다. 표를 끊고 상영관에 입장할 때까지 원하는 만큼 기대를 실어도 됩니다. 똑같이 12,000원을 내도 오늘은 120,000원의 감동을 기대할 수도 있고, 어떤 날은 그냥 버리는 셈 치고 볼 수도 있습니다. 영화를 보고 나와서 별점을 얼마나 주는지도 온전히 개인의 자유입니다.

반대로 사람은 우리가 가치를 지불하고 이용하는 서비스나 재화가 아닙니다. 물론 그 사람에게 사랑, 시간, 관심 등의 가치를 지불한다고 말은 할 수 있겠지만, 상대에게 가격표를 붙일 수 없어요. 상대에게 하루에 3시간을 쏟는다고 해서 상대가 3시간 어치의 보답을 해야 할 의무는 없습니다. 오늘 상대가 내 기대를 충족시켰다 해도 당장 내일은 어떻게 될지 모릅니다. 아무리 가까운 사이라도 내 마음대로 묶어 둘 순 없어요. '작년의 나'와 '올해의 나'가 다르듯, '작년의 그 사람'과 '올해의 그 사람'도 달라질 수 있습니다.

그렇다고 해서 누군가를 만날 때 무작정 기대를 내려놓을 필요도 없습니다. 사람 마음이라는 것이 그렇게 되지도 않고요. 다만 기대의 조건을 조금만 수정하면 좋겠다는 생각이 들어요. 우리가 누군가에게 기대를 한다는 점이 문제라기보다는, 무리한 기준으로 혼자 기대하고 실망하는 점이 자극적인 것이니까요.

첫째로, 누군가에게 기대를 걸 때 나 자신이나 다른 사람의 기준으로 생각하지 않는 거예요. 보통 우리는 이런 마음을 품게 되지요.

'나라면 이렇게 해 줄 텐데…'

'일반적으론 그렇게 해 주는 게 맞는데…'

우리가 관계를 이루고 있는 사람은 내 기준과도 다르고, 일반적인 기준과도 다를 수 있습니다. 나라면, 다른 사람이라면 하고 가정하는 것은 큰 의미가 없습니다. 누군가에게 기대를 걸 땐 그 사람의 기준에 맞추는 편이 좋습니다.

'이런 상황이 있을 때 언제든 맡기라고 했으니까, 이번에도 잘 처리해 주지 않을까?'

우리가 누군가에게

기대를 한다는 점이 문제라기보다는,

무리한 기준으로 혼자 기대하고

실망하는 점이

자극적인 것이니까요.

'저 사람이 평소에 이런 건 정말 잘 챙겼으니까, 앞으로도 잘 해 주지 않을까?'

이마저도 과한 것일 수 있어요. 이미 이야기한 것처럼, 사람은 꼭 예전과 같이 머물러 있진 않으니까요. 그래도 이렇게 기대감의 근거를 나의 욕심이 아닌 상대의 모습에서 찾으려 노력하다 보면, 분명 과한 기대와 실망이 반복되는 것을 줄일 수 있을 거예요.

두 번째는 내가 줄 수 있는 것 이상으론 기대하지 않는 것입니다. 상대방이 나보다 더 많은 것을 준다면 당연히 좋겠지만, 그런 상태로 오래 관계가 유지되는 것은 어려워요. 사람에게는 인간관계에 쓸 수 있는 에너지가 각자 어느 정도 정해져 있습니다. 그보다 무리해서 사용하면 고갈이 일어나고, 결국 오래 지속될 수 없어요. 상대가 계속 내 기대를 충족시켜 주길 바란다면, 고갈되지 않게 해야 해요. 나도 어느 정도 상대의 기대감을 충족시켜 줌으로써 우리 관계에 대한 에너지를 채워 주는 것이죠. 상대에게 항상 초과해서 받으면 그건 결국 빚이 된다고 생각해요. 빚이 쌓이면 갚기는 점점 어려워집니다. 내가 갚을 수 있는 만큼만 기

내가 갚을 수 있는 만큼만

기대하고,

나도 그 기대를

갚아 줄 수 있도록 해 봅시다.

대하고, 나도 그 기대를 갚아 줄 수 있도록 해 봅시다. 나는 내가 할 수 있는 만큼만, 상대도 상대가 할 수 있는 만큼만 주고받으며, 고갈되지 않고 오래 건강하게 지속될 수 있는 관계를 만드는 거예요.

기대는 적당하면 좋은 원동력이 된다고 생각합니다. 기대가 아예 없이 임한다는 것 또한 좋은 관계라고 볼 수 없어요. 우리가 인간관계에 적당한 기대를 걸고, 그 기대가 충족되는 작은 기쁨을 누리며, 나 자신도 누군가의 기대를 채워 줄 수 있는 사람이 될 수 있으면 좋겠습니다. 그러길 기대할게요!

무자극 모드 ON

기대를 할 때 특히 빼야 할 것은 그 사람의 역할에 대한 고정관념입니다. 부모님이니까, 직장 상사니까, 절친이니까, 애인이니까. 이런 전제가 들어가는 순간 내 욕심이 강하게 섞이거든요. 역할을 고려하기에 앞서 그 사람의 고유한 모습에 집중합시다.

인간관계의 상처를 보듬는 싸구려 감성 위로

좋은 관계가 있는 반면, 상처를 남기는 관계도 많습니다. 다툼, 오해, 단절, 배신…. 그런 건 너무 슬퍼요. 마음속에 깊이 박혀 사라지지 않고 계속 우리를 괴롭힙니다. 각자 그런 상처 하나쯤은 가지고 있죠?

인간관계에서 비롯된 상처를 모두 모으면, 그 아픔의 무게는 아마 지구가 쏟아질 만큼은 될 것입니다. 그럼에도 불구하고 쏟아지지 않는 이유는 상처 받은 사람끼리 나누는 위로의 마음 덕이 아닐까요. 상처의 원인과 형태는 모두 다르지만, '사람에게 상처 받은 사람들'이란 공통점이 있기에 동병상련의 마음으로 서로 보듬어 줄 수 있는 것입니다.

이번 글에서는 인간관계의 이런저런 상처에 대해, 제가 할 수 있는 위로를 뭉텅이로 쏟아 부어 보려고 해요. 누가 보기엔 '싸구려 감성을 가진 위로'가 될지도 모르겠습니다. 저도 책이나 SNS에서 그런 류의 글을 접할 때면 오글거리고 쓸데없다고 느끼기도 했으니까요. 하지만 그중에서도 종종 나의 마음을 울리는 것들이 있습니다. 상처를 겪기 전엔 그저 텍스트 공해일 뿐이었던 것들이, 어떤 상처를 겪고 난 후에는 맞춤형 진통제의 역할을 합니다.

1명이라도 이 싸구려 감성 글에서 진심 어린 위로를 받을 수 있다면, 충분히 의미가 있을 것 같아요. 다들 어떤 상처를 가지고 계실지 몰라 김밥 전문점처럼 다양한 메뉴로 준비해 보았어요. 원하시는 걸 골라 보세요.

배신의 상처를 지닌 분들께

어차피 끊길 관계가 조금 과격하게 끊겼을 뿐입니다. 오히려 나중에 더 큰 뒤통수를 맞는 것보다 지금 끊기는 게 가장 덜 아픈 상처였는지도 몰라요. 배신의 유일한 장점은 상처를 준 상대가 떠나 버렸다는 것입니다. 같은 사람에게 같은 상처를 또 받을 리는 없으니 너무 걱정하지 마세요.

무시의 상처를 지닌 분들께

어떤 분야가 됐든, 자신이 가진 능력을 남을 무시하는 방식으로 과시하는 사람이 있죠. 별 볼 일 없는 사람이 자신의 단점을 감추려고, 아주 일부의 장점을 부각시켜 남을 짓누르는 거예요. 그런 태도에 여러분이 상처를 받을 수 있습니다. 분명 내게는 그 사람보다 나은 부분이 있음에도 불구하고요. 얄밉긴 하지만 무시엔 무반응이 답입니다. 스스로의 장점을 과시하기 위해 상대를 밟진 말자고요. 우린 그런 부류의 사람이 아니니까요.

소외의 상처를 지닌 분들께

남들은 모두 웃는데 나만 못 웃을 때가 있습니다. 같이 있는데도 혼자 있는 것보다 더 외롭고, 적막한 섬에 갇힌 기분입니다. 사회부적응자인 걸까요? 아니요. 그냥 코드가 다를 뿐이에요. 다들 220볼트인 줄 알고 관계를 맺었는데, 알고 보니 나만 빼고 110볼트였던 것입니다. 인간관계에 환불은 없으니, 그저 조금씩

거리를 두며 자연스럽게 소원해질 수 있도록 하세요. 아쉽지만 내 코드가 무엇인지 확실히 확인할 수 있었던 계기 정도로 퉁칩시다.

오해의 상처를 지닌 분들께

의도와 다르게 틀어져 버린 관계가 있습니다. 내가 오해를 준 경우라면 상대가 충분히 이해할 수 있도록 설명합시다. 반대라면 상대방의 이야기를 충분히 들어 보고요. 진짜 의미 있는 관계라면 그 과정에서 서로를 이해할 수 있습니다. 특히 내가 놓치기 싫은 관계일수록 더욱 열심히 오해를 풀어 보세요. 다 쏟아 낼 만큼 노력했다면, 끝내 그 관계가 틀어져 버린다고 해도 최소한 내 노력을 원망할 일은 없을 거예요.

끌려가는 관계의 상처를 지닌 분들께

이상하게 자꾸 끌려가게 되는 관계가 있습니다. 그 과정에서 나는 손해를 봐 가면서 상대방의 기분을 맞춰 줍니다. 이유가 무엇인가요? 상대가 나를 떠나갈까 봐 두려워서? 혹은 상대방에게 무언가 동정의 마음이 생겨서? 우리의 마음은 일회용품이 아닌 충전식이지만, 계속 사용하면 최대 용량이 줄어드는 리튬이온배

터리와 같습니다. 100을 주지 말고, 90만 주고 10은 여유분으로 남길 수 있도록 하세요. 아무리 소중하게 느껴지는 사람이라도, 내게 있어서 관계의 중심은 나 자신이 되어야 합니다.

거짓된 모습을 보여 주느라 지친 분들께

관계를 이어나가기 위해 자신을 억지로 다른 모습으로 보여 주고 계신가요? 너무 힘들지 않으세요? 내가 아닌 모습으로 이어가야만 하는 관계라면 그 가면을 벗는 순간 증발해 버릴 신기루와도 같습니다. 첫 단추를 잘못 꿰어 지금까지 이어지고 있다면, 하루라도 빨리 자신의 진짜 모습을 보여 주세요. 지금이 살짝 체한 정도라면, 나중에는 눈처럼 불어난 거짓의 무게는 악성종양처럼 시도 때도 없이 나를 찔러 댈 것입니다.

실수의 상처를 지닌 분들께

남이 내게 상처를 줘서 끝난 관계보다, 내가 실수해 끝난 관계가 더 아픔이 됩니다. 내 잘못이기 때문에 어디에 하소연하기도 어려워요. 하지만 자신의 잘못을 깨닫고 미안한 마음을 충분히 전했다면, 적어도 최소한의 도리를 한 것입니다. 이제 스스로를 놓아 줘도 괜찮습니다. 미안함은 간직해도, 자신에 대한 꾸지

우리의 마음은

일회용품이 아닌 충전식이지만,

계속 사용하면 최대 용량이 줄어드는

리튬이온배터리와 같습니다.

람은 조금씩 지워가세요. 돌이킬 수는 없기에, 반복하지만 않도록 신경 쓰면 됩니다.

누군가 건네는 위로는 결국 한 끗 차이로 속없는 말이 되기도, 꼭 필요한 말이 되기도 합니다. 여기 남겨 둔 글이 지금은 필요 없더라도, 상처를 받았을 때 펼쳐서 읽고 위로 받을 수 있는 그런 내용이 되었으면 좋겠습니다.

무자극 모드 ON

인간관계의 상처는 시간이 해결하거나, 다른 사람을 통해 치료한다고 합니다. 저는 두 가지가 함께 작용한다고 생각해요. 시간은 상처를 희미하게 만들고, 그 사이에 만나는 새로운 사람과의 새로운 관계는 상처를 덮는 새살이 되죠. 우리가 살날은 까마득하게 남아서, 그런 과정이 지겹게 반복될 거예요. 다시 말하면, 불치병이 아니라 백신이 항상 존재하는 셈입니다. 불행 중 다행이죠.

2

돈을 버는 일

돈 생각을 하는 순간 자극은 시작된다

'내 삶이 언제부터 이렇게 자극적이었을까?' 하고 생각해 보니, 돈벌이의 필요성을 알았을 때부터인 것 같더군요. 아주 조그마할 때는 몰랐어요. 내가 살아가려면 돈이 필요하고, 돈을 원하는 만큼 버는 것은 아주 힘든 일이라는 것을요.

하지만 나이가 들며 자연스럽게 깨닫게 됐습니다. 많은 나이도 아니에요. 아마도 초등학생쯤? 어쩌면 유치원생 시절일지도 모르겠습니다(그만큼 우리 삶의 자극이 이른 시점에 시작된다는 뜻이겠군요). 내가 갖고 싶은 장난감이 있는데, 거기엔 가격표란 것이 붙어 있었습니다. 당장 돈이 없는 저는 사달라고 조를 수밖에 없었죠. 어떻게 보면 그것이 제가 처음 돈을 버는 방법이었네요.

그마저도 중학생쯤 되니까 잘 안 먹히기 시작하더라고요. 돈을 버는 것은 힘들구나, 싶었습니다. 고등학생이 되면서는 부모님의 지갑이 채워지기까지는 무언가 굉장히 힘든 과정을 거쳐야 한다는 것도 깨달아 갔지요.

대학생이 되고 덜컥 성인이라는 꼬리표가 붙게 된 순간, 돈이 주는 자극에도 가속도가 붙기 시작했습니다. 제가 학교를 다니는 것은 큰돈이 필요한 일이었어요. 친구들과도 점점 돈 얘기를 하기 시작했습니다. '그거 너무 비싸', '아, 이번 달에 돈이 없는데', '돈 없어, 다음에 가자', '학자금 언제 갚냐…'.

그쯤 아르바이트를 하게 됩니다. 저도 그랬고요. 놀기 위해서 놀 시간을 줄여 아르바이트를 해야 했습니다. 제가 처음으로 한 일은 한 뷔페에서 접시를 닦고 청소를 하는 일이었어요. 나의 1시간에 값이 매겨지자, 그동안 먹고 놀았던 모든 것들이 숫자로 보이기 시작했습니다. 내가 친구들과 맥주 한 잔을 마시기 위해선 3시간, 청바지를 사기 위해선 10시간, 여름에 1박 2일로 놀러

가기 위해선 24시간….

그렇게 생각하며 접시를 닦다 보니 조금씩 짜증이 나기 시작하더라고요? 누구는 좋은 아르바이트 자리 구해서 나보다 많은 시급을 받던데, 누구는 부모 잘 만나서 아르바이트 같은 거 안 해도 유럽여행 잘만 다녀오던데. 비교하자면 끝이 없었습니다. 접시에 있는 얼룩은 닦여 나가는데, 내 감정 곳곳에는 점점 얼룩이 쌓여 갔어요.

그러다 어느 날, 닦은 접시를 홀에 채워 넣다가 그곳에 있는 다른 접시들까지 와르르 쏟아 버렸습니다. 플라스틱 접시라 깨지진 않았지만, 20살의 제 멘탈이 깨지기엔 충분한 사건이었습니다. 직원분께 당연히 혼도 났죠. 그때 처음으로 이런 생각이 들더군요.

'아, 먹고 살기 힘드네….'

이제 와서 생각하면 귀엽다는 생각이 듭니다. 영화 〈인터스텔라〉처럼 지금의 제가 그때의 저를 볼 수 있다면, 아마도 '그런 소리 마, 나중에 많이 하게 돼'라는 메시지를 남기지 않았을까 합니다.

직장인이 된 지금은 일주일에 몇 번씩, 아니 하루에도 몇 번씩 '먹고 살기 힘들다'는 문장을 되뇝니다. 때로는 저도 모르게 입 밖으로 새어 나오기도 해요. 어쩌다 먹고 사는 일에 돈이 개입하게 되었는지….

비단 저만의 이야기가 아니라, 많은 분들의 자극이 이처럼 돈을 벌어야 하기 때문에 시작되었을 것이라 생각합니다. 그리고 그 자극은 사는 내내 우리를 따라 다닐 확률이 높죠. 잠시 눈물 좀 닦겠습니다.

안타깝게도 돈 버는 일을 그만둘 수는 없으니, 적어도 돈 버는 일로부터 받는 자극을 줄여야 합니다. 돈을 벌기 위해서 거쳐야 하는 모든 단계를 펼쳐 놓고, 각 단계마다 존재하는 자극 하나하나씩을 뜯어보도록 하죠. 물론 돈이 안 드는 방법으로요!

취업 준비,

나 때도 말이야…

학생과 직장인 사이에 끼어 있는 '취업준비생'은 인생의 기간으로 보자면 짧게 스쳐 지나가는 정도입니다. 초중고만 해도 12년이고, 여기에 대학 또는 대학원 기간까지 더하면 15년이 훌쩍 넘어가죠. 직장 생활은 또 어떤가요? 우리가 아무 일도 안하고 놀고먹을 수 있는 여건이 되지 않는 한 30년, 40년 이상 지겹도록 지속될 시간입니다. 반면 취준 생활은 사람마다 다르겠지만, 보통은 몇 개월에서 몇 년 혹은 그 이상이 될 수도 있는 시간이고요.

하지만 그 시간에 느끼는 여러 가지 감정은 결코 작지 않습니다. 많은 사람들이 이 시기에 자존감이 떨어지고, 심한 경우에는 우울감이나 무기력함까지 느낍니다.

아마도 나 자신을 버리면서까지 채용담당자의 눈에 들려고 애쓰는 상황이 꽤나 자극적이기 때문이겠죠. 취준 생활을 하다 보면 이런 생각을 한 번쯤, 아니 수십 번은 떠올려 보셨을 것입니다.

'네가 뭔데 나를 판단해? 이깟 자기소개서가 나의 가치를 판단할 수 있을 것 같아?'

저만 그렇게 생각하는 건 아니겠죠? 취업을 하려고 여러 기업의 자격 요건을 살펴보면, 조금씩 스트레스가 올라오기 시작합니다. 이게 다 뭐야? 세상에 내 또래들이 다 이만큼의 자격을 갖추고 있어? 도대체 어디서 배우고, 어디서 경험을 쌓기에 이만큼의 사람이 될 수 있는 거지?

진짜 충격은 '우대 조건'란에 있습니다. 심심해서 써 놓은 건 아닐 거예요. 그 정도까진 갖춰야 뽑을 마음이 있다는 뜻이겠지요. 허나 이상하게도 내가 가진 것과는 거리가 먼 것들입니다. 난 우대 받을 수 없구나, 싶죠. 사회에 첫 발을 내딛기도 전에 자격을 박탈당한 것 같은 기분에 내 모습은 한없이 작아집니다.

그렇게 수많은 기업의 공고를 건너뜁니다. 여긴 이 조건 때문에 안 되고, 여기는 살짝 애매한데 결론적으로는 어려울 것 같고…. 또 웃긴 점이, 신입 채용이라고 해서 들어갔더니 우대 조건에 1년 이상 관련 업계 유경험자와 같은 조건이 걸려 있을 때도 있어요. 이런, 빌어먹을!

흥분해서 욕이 나올 뻔 했네요. 저는 지금 직장에 다니고 있지만, 그때를 생각하면 짜증이 날 때가 있어요. 아마 이 글을 읽고 계신 다른 직장인분들께서도 그때의 감정이 불현듯 떠올라 고개를 끄덕이고 계실지도 몰라요.

그런데 이 순간 현역 취준생 여러분 본인이야말로 그 마음이 오죽할까요. 요즘 그런 말들 많잖아요. '나 때는 말이야…'. 근데 저는 지금 이렇게 말하고 싶어요.

'나 때도 말이야….'

저도 정말 힘들었기에, 지금 취준생분들이 얼마나 힘든 시기를 보내고 있을지 잘 알아요. 시간을 좀 더 뒤로 돌려서 고3 수험생 시절을 떠올려 봅시다.

그때도 우리 힘들었잖아요. 공부를 열심히 한 학생은 열심히 하는 대로, 공부가 영 적성에 맞지 않아 억지로 한 학생은 또 억지로 하는 대로, 모두 각자의 애환이 있었을 거예요. 취준 생활도 마찬가지죠. 스펙이 엄청나게 화려한 사람은 그만큼 높은 곳을 바라보기에 어려울 것이고, 내가 지금 당장 가진 역량이 부족하다고 생각하는 사람 역시 힘든 싸움을 해 나가고 있을 거예요.

솔직히 말해서, 그걸 어떻게 잘 이겨 낼 수 있는 왕도 같은 건 없어요. 선·후배 얘기를 다 들어 봐도, '아, 정말 쉽게 취직해서 일도 아니었다'고 말하는 사람은 한 명도 못 본 것 같아요. 적어도 제 주변에서는요. 맘에도 없는 채용공고를 울며 겨자 먹기로 붙잡으며 써 보기도 했을 거고, 최종까지 올라갔는데 눈앞에서 떨어져 버린 기억도 있을 거예요.

다 똑같은 걸 겪었으니까 여러분도 적당히 힘내시라, 라고 말하려는 것은 아닙니다. 세상에 그렇게 말하지 못할 사람이 어디 있겠습니까. 그래서 전 다시 한 번 더 이렇게 말하고 싶어요.

'나 때도 말이야… 정말 힘들었어. 그러니까 너도 얼마나 힘들까. 네가 힘들다는 걸 난 너무 잘 알아.'

선배로서 해 줄 수 있는 말이 이것뿐이라 속상하네요. 이렇게 끝내기는 아쉬우니, 지금부터 조금 유치하고 바보 같은 '위로 수작'을 좀 부려 볼까 해요.

이 페이지를 바라보고 있는 우리 모두가 연결되어 있다고 생각해 봅시다. 지금 취준생들, 저처럼 오래지 않은 과거에 겪은 분들, 그리고 한참 전에 겪어 이미 직장에서 '짬' 좀 되신 분들까지. 우리 손이 닿아 있는 이 페이지에서 우리의 고통과 기억은 모두 연결됩니다.

'보편적이다'라는 말이 떠오릅니다. 각자마다 처한 상황도 달랐고, 무게도 조금씩 달랐겠지만, 우리는 보편적인 고통을 공유하고 있습니다. 보편적인 고통의 단점은 어디 가서 말해도 특별할 게 없어서 마음껏 투정 부릴 수 없다는 것이지만, 반대로는 어디 가서 말해도 누구나 공감할 수 있다는 장점도 있습니다.

지금 이 지면 위에 손이 닿아 있는 분들 중, 취준을 견디고 어쨌든 직장 생활을 하고 있는 분들이라면, 손끝을 통해 지면에 따스한 격려를 실어 주세요. 누구에게 전달될지 모르지만, (적어도 이 책이 2부 이상 팔렸다면) 여러분이 전해 주신 온기는 이 지면을 조금이나마 따뜻하게 만들어 주었을 것입니다.

지금 취준 생활을 하고 있는 분들이라면 그 온기가 지면에서부터 여러분의 손끝을 타고 피부 안쪽으로 스며든다고 생각해 봅시다. 느껴지시나요? 좀 바보 같은 이야기죠. 어떻게 다른 시공간에 있는 사람이 전해 준 온기가 손끝을 타고 올라올 수 있겠어요. 하지만요, 그게 아니라도 그렇게 생각해 보면 좋을 때가 있어요.

그렇게 해서 지금의 스트레스가 1%라도 녹아내릴 수 있다면, 저는 뿌듯하게 이 지면을 어루만질 수 있을 것 같습니다.

무자극 모드 ON

보편적인 고통을 갖고 계신 여러분, 그것을 공유하고 있는 누군가도 지금 각자의 분야에서 어찌저찌 살아가고 있습니다. 그 사람 중 누군가는, 적어도 일부는 자신이 밟았던 길을 똑같이 겪고 있을 여러분을 응원하고 있을 거예요. 정말로요.

돈보다 사람 때문에 지칠 때

우리가 일 때문에 스트레스를 받는다고 할 때, 대부분은 '사람' 때문인 경우가 많습니다. 직장 상사, 동료, 부하, 거래처, 광고주, 담당자, 고객 등의 이름을 하고 있는 그 사람들은, 언제나 예상치 못한 타이밍에 예상치 못한 내용으로 우리를 괴롭힙니다.

'저 인간만 아니었어도 스트레스가 반은 줄어들 텐데….'

저는 도대체 이 자극을 어떻게 다뤄야 할까 고민하다가, 우연한 기회로 작은 실마리를 발견했습니다. 그것도 전혀 모르는 사람으로부터요!

어느 주말 카페에서 이것저것 혼자 작업을 하고 있을 때였어요. 근처에 40대 정도로 보이는 남성이 자리 잡고 있었습니다. 홀로 앉아 책을 읽고 있는 그의 모습은 평온하고, 중후하고 멋있다는 느낌까지 풍겼습니다. 그런데 갑자기 전화가 울리더군요. 무음 모드가 아니었기에 자연스레 눈과 귀가 그쪽으로 향했습니다. 책을 덮고 황급히 전화를 받은 그는, 대충 이런 내용의 통화를 했습니다.

"네, 네. 하… 이거 어쩌죠. 제가 잘 챙겼어야 했는데, 조금 착오가 있었던 것 같습니다. 죄송합니다. 제가 월요일에 꼭, 제일 먼저 챙기도록 할게요. 아이고 팀장님, 너무 섭섭해 하지 마시고, 저희가 이런 쪽으로는 또…."

평온하게 책을 읽던 사람은 간데없이 사라지고, 두 손으로 전화기를 든 채 쩔쩔 매는 직장인의 모습이 눈에 들어왔습니다. 저보다 연차가 꽤 있어 보였는데, 역시 연차가 쌓여도 직장 생활이 다를 바가 없구나… 싶었습니다. 통화는 길지 않았고, '네, 네, 감사합니다, 죄송합니다' 같은 단어가 몇 차례 더 반복된 후에야 마무리가 되었습니다. 여기서 제게 영감이 된 부분은 전화를 끊고 난 후였지요.

"에이, 썅… 별 일 같지도 않은 걸로… 이 새X는 허구한 날 지X이야 아주. 어휴."

그리고는 전화기를 뒤집어 내려놓고, 다시 평온한 모습으로 책을 읽기 시작했습니다. 맙소사. 불평 섞인 욕설에 놀란 것은 아닙니다. 오히려 주말에도 괴롭히는 업무 전화에 너무 당연한 반응이었어요. 제가 진짜 놀란 부분은 전화를 끊고 너무나도 자연스럽게 다시 책을 읽기 시작한 모습이었습니다. 저게 바로 '짬에서 나오는 바이브'인가? 제가 저 상황이었다면 적어도 몇 분은 더 짜증난 상태로 있었을 것 같은데 말이죠. 전화 통화하는 그와 책을 읽는 그는 확연히 다른 세계에 존재하고 있었습니다.

이거 괜찮겠다 싶었어요. 일하면서 사람과 부딪히는 스트레스를 완전히 피할 순 없겠지만, '평소의 나'와 '직장에서의 나'를 잘 분리시켜 놓는다면 스트레스의 영향을 분명 덜 받게 될 것으로 보였습니다.

저는 그날 이후 이것을 '직장용 나로 전환하기'라고 이름 붙이고, 2가지 행동을 조금씩 실천해 나가고 있습니다. 스트레스 자체를 완전히 없애는 백신까지는 아니지만(실제로 그런 방법을 발견해 낸다면 노벨 평화상을 받아야 할 것입니다), 적어도 나를 보호하는 마스크쯤은 되어 줄 수 있습니다.

【직장용 나로 전환하는 연습】

1. 출퇴근 시 의식을 치른다.

'직장용 나로 전환한다는 것'이 그저 심리적인 행위지만, 물리적인 요소를 곁들였을 때 조금 더 확실하게 전환되는 느낌을 받을 수 있습니다. 명확한 로그인, 로그아웃의 순간을 찍어 주는 거예요. 여러 가지 방법이 있을 텐데, 저는 주로 화장실 거울을 이용해 의식을 치릅니다.

- 출근할 때: 화장실 거울에 비친 내 모습을 바라보며, '잠시 안녕, 여기서부턴 내가 맡을게. 이따 꼭 보자'라고 되뇝니다.

- 퇴근할 때: 퇴근하는 순간이 아닌, 퇴근 30분 전에 실시합니다. 퇴근하자마자 즉시 원래의 내 모습으로 돌아오기 위해선, 이처럼 미리 준비하는 것이 좋습니다. 30분만 있으면 퇴근한다는 사실을 떠올리는 것 자체로 기분이 좋아지기도 하

고요. 출근 때와 마찬가지로 역시 화장실 거울을 바라보며, '30분 남았다. 오늘도 이곳에서 살아남았다. 이제 슬슬 평소의 모습으로 돌아와도 좋아' 하고 되뇝니다.

그 모습을 누군가 보게 된다면 유치하다고(혹은 미쳤다고) 생각할지도 모르지만, 몰래 하면 아무도 모르잖아요?

2. 직장에서 만큼은 모든 기준을 나의 업무 효율성으로 놓고 생각한다.

직장에서 사람으로 인해 스트레스를 받으시는 분들은 대부분 착한 분들일 가능성이 높아요. 착한 사람은 남의 요청을 쉽게 거절하지 못하고, 남에게 조금이라도 무리가 될 것 같은 일을 요구하지 못합니다. 그래서 결국엔 혼자 많은 것을 짊어지고 마음앓이를 하지요. 이건 일상생활에서도 큰 문제지만, 회사에서는 더 큰 문제가 됩니다. 그렇게 일이 쌓이다 보면 야근을 하게 될 테고, 야근이 쌓이다 보면 삶 자체를 잃기 마련이니까요.

그렇다고 해서 마음을 나쁜 쪽으로 먹자는 것은 아닙니다. 적어도 직장에서만큼은 칼 같은 성격으로 바꿔 보는 것도 하나의 방법이 될 수 있다는 거예요.

여기서 '칼 같다'는 것은 기준이 명확하다는 것을 의미하는데,

그 기준을 '나의 업무 효율성'으로 삼으면 좋습니다. 요청을 들어 줌으로써 나의 다른 업무가 밀릴 것 같은 상황에서는 상대에게 내가 처한 상황을 분명히 밝힙니다. 내가 혼자 처리하기엔 업무의 양이 너무 많을 땐, 함께 처리해 줄 수 있는 사람에게 명확하게 요청합니다. 처음에는 굉장히 어색하겠지만, 나의 상황을 확실하게 밝힐수록 내가 혼자 짊어져야 했던 짐의 무게가 줄어드는 것을 느낄 수 있습니다.

무작정 일을 떠미는 것과는 굉장히 달라요. 나의 효율은 결국 개인의 행복 이외에도 조직의 효율에도 긍정적인 영향을 주는 것이니까요.

'직장용 나'로 전환한다는 것은 처음에는 말처럼 쉽진 않을 거예요. 저도 완전히 분리하지 못해 많은 스트레스와 자극을 느끼고 있고요. 그래도 조금씩 효과가 나타나고 있습니다. 이대로 몇 년 이상 수련하면, 카페에서 책을 읽던 40대 직장인처럼 한 차원 높은 경지에 오를 것이란 느낌이 옵니다.

직장에서 매일매일 사람에 치이고 있다면, 하루 빨리 '직장용 나'라는 새로운 자아를 만들어 보세요. 스트레스의 총량은 줄지 않더라도, 적어도 그것을 분산시킬 수 있는 장치가 생기는 셈이죠. 그 장치로 인해 우리는 기나긴 돈벌이의 여정에서 조금이나마 천천히 지쳐갈 수 있을 것입니다.

무자극 모드 ON

직장에선 사람에 대한 기대 자체를 낮춰 보는 것도 좋습니다. '사람이 어떻게 저럴 수 있지?'라는 생각보다, '세상엔 저런 사람도 있구나' 하는 마음이 정신건강에 더 좋으니까요. 이러다가 부처가 되려나요?

지금 하는 일, 적성에 맞으세요?

"적성이 뭐예요?"

이 질문에 제대로 대답한 적이 있었나 싶습니다. 나이가 들수록 선뜻 대답하기 어려운 것 같아요. 예전엔 그림 그리기, 노래, 피아노 연주 같은 걸 남들보다 조금만 잘 해도 내 적성이라 생각했는데, 세상에 나를 던져놓고 저 멀리서 바라보니, 적성이라고 내세울 만한 게 하나도 없는 초라한 사람이 된 느낌입니다.

처음으로 돌아가서, 도대체 적성이 뭘까요? 나에게 하나도 없어 보이는 그것은 무엇일까요? 사전을 열어 봅니다.

***적성:** 어떤 일에 알맞은 성질이나 적응 능력*

써놓고 보니 나에겐 진짜 적성이 없는 것 같은 이 기분. 저와 같은 기분이 아니신지요? 내친 김에 연관 검색어 쪽을 바라보니 마침 '직업'의 뜻이 눈에 들어옵니다.

***직업:** 생계를 유지하기 위하여 **자신의 적성**과 능력에 따라 일정한 기간 동안 계속하여 종사하는 일*

지금 하시는 일은 적성에 좀 맞으세요? 저부터 말할게요. 저는 잘 모르겠어요. 나름 이 일을 몇 년 했는데, 연차가 쌓일수록 잘 모르겠어요. 오히려 처음에는 적성에 맞는다고 생각했는데, 점점 제가 잘 하고 있는지, 앞으로 잘할 수 있는 일인지 확신이 줄어 갑니다.

돈 버는 일이 주는 자극은 아마 여기가 출발점인 것 같아요. 돈을 벌기 위해 어떤 일을 선택했는데, 그 일 자체가 나와 맞는지 아닌지부터가 계속 혼란을 주니까요. 확신이 없으니 근무 중에 '나는 누구인가, 여긴 어디인가' 하는 질문이 툭툭 치고 나오고, 앞으로 몇 년 후를 그려 봐도 내가 이 일로 안정적이게 살아갈 수 있을지에 대한 불안감이 밀려오지요.

그렇다고 해서 지금 하고 있는 일을 때려치우고 새로운 꿈을 찾아 달려 나갈 용기가 있는 것도 아닙니다. 종종 인터넷을 통해 '십 년 이상 다니던 직장을 그만두고 OO으로 변신해 성공한 △△씨'와 같은 이야기를 접하곤 해요. 그 사람의 결단력과 능력이 멋있다는 생각이 들다가도, '원래 능력이 있으니까 그렇겠지, 될 사람은 되는 거지' 하는 질투 비슷한 감정이 고개를 들어요. 그리고선 결국 또 제자리죠.

일이 년 전쯤 이런 고민이 점점 심해져, 출근하는 날들이 매일 더 힘겹게 느껴졌어요. 그러던 차에 대학생 때 멘토로 삼던 선배와 만날 기회가 있었습니다.

선배는 제가 보기엔 자신의 일을 즐기고, 능력을 척척 발휘해 탄탄한 커리어를 쌓아 나가는 멋진 사람이었습니다. 실제로 업계에서 알아주는 회사를 다니고 있기도 했고요. 밥을 먹고 술을 마시며 이런저런 이야기를 나누다, 제 고민을 털어 놓았습니다.

"적성에 맞는 일을 하고 있는지 잘 모르겠어요. 계속해서 의문이 생겨요. 제가 진행하는 프로젝트의 성과가 잘 안 나오면 그런 의문이 더 심해지고요. 답답하고 불안하고, 조금 우울해요."

선배는 제 고민을 듣고 몇 분 동안 아무 말도 않고 테이블만 바라보았습니다. 이런 고민이 전혀 없는 사람이기 때문에 내 고민을 잘 이해하지 못하는 걸까? 혹은 정말 엄청난 해결책을 말해 주려고 준비 시간이 걸리는 걸까?

"음… 뭐 어떻게 말을 해 줘야 할지 잘 모르겠네. 나도 그렇거든. 그 생각은 어떻게 떨쳐 내야 할지 잘 모르겠어. 정말."

제가 기대하던 답은 아니었죠. 소위 잘 나가고 있는 사람인데, 나와 똑같은 고민을 가지고 있다니. 솔직히 '이렇게 헤매고 있는 나와 고민의 무게가 똑같을까?' 하는 생각까지 들었습니다.

그 뒤로 우리는 적성에 대한 이야기를 조금 더 주고받았어요. 정답 없이 서로의 푸념과 고민 비슷한 말들만 오고 갔습니다. 이야기를 계속 나누다 보니 분위기도 조금 무거워지는 것 같아, 적당히 이야기를 마무리 짓고 다른 주제로 넘어갔습니다.

그날 집으로 돌아가는 지하철에서 많은 생각을 했습니다. 고민에 깊게 잠기면 이어폰에서 노래가 흘러나오고 있다는 사실도 잊곤 하는데, 그때가 그런 상황이었습니다. 한참을 진전 없는 잡념에 빠져있다 보니, 굉장히 보잘 것 없고 싱거운 결론이 나오더군요.

'적성 고민은 답이 없다. 언젠가 운이 좋게 찾을 수도 있겠지만, 찾지 못한다 한들 어쩔 수 없다. 무언가 적성을 찾았다는 느낌이 들더라도, 결국 그 다음날부터는 지금과 똑같이 '이게 내 적성에 맞을까?'하는 생각이 밀려오기 시작할 것이다.'

적성에 대해 끊임없이 고민한다는 것은, 자아실현의 첫 번째 단계가 될 만한 바람직한 태도임에 틀림 없습니다. 하지만 그로 인해 내가 불안하고, 스트레스를 받기 시작한다면 오히려 손해죠.

적성에 대한 고민이 쉽사리 사라지지 않을 때는, 그 고민을 그대로 둔 채 일단 지금 하는 일을 조금 더 열정적으로 하는 것도 괜찮겠습니다. 그러다 보면 그 끝에 어떤 결론이라도 걸리겠지요. 결국엔 내 적성이 아니었다든지, 혹은 그나마 이게 내 적성이었다든지.

내일도 저는 적성인지 아닌지 모르겠는 일을 하러 출근합니다. 제 옆자리에 앉은 동료도, 옆 부서 직원도, 이 글을 읽고 계신 여러분도 그러실 거라 생각해요. 주어진 상황에 순응한다기보다는 주어진 상황을 외면하지 않고 묵묵하게 돌파하는 모습이라고 봐줄 만하지 않나요?

무자극 모드 ON

우리는 적성을 찾지 못해 헤매는 사람이 아니라, 적성을 찾기 위해 끊임없이 궤도를 수정하고 있는 하나의 비행체인 셈입니다.

숨이 턱 막히는 업무량

'야, 이거 도저히 각이 안 나오는데?'

이런 말이 나올 정도로 유난히 업무량이 많은 날이 있습니다. 아무리 빠르게 처리한다고 해도, 퇴근 시간까지 도저히 맞출 수 없을 만큼이요. 첫날은 괜찮을 수도 있어요. 야근 하루쯤은 버텨 볼만 하거든요. 하지만 그런 날이 반복될수록, 우리는 피폐해집니다.

'또 야근이네.'

'아, 지친다 진짜. 도대체 언제 끝날까?'

'내가 아무리 그래도, 이렇게까지 해서 먹고 살아야 하나? 이게 무슨 의미지?'

이런 질문들이 솟구쳐 오르면서, 지금 하고 있는 일에 대한 회의감이 깊은 곳에서부터 나를 무겁게 짓누르기 시작합니다. 그러다 보니 출근하는 것 자체가 점점 불행하고, 출근하자마자 또 야근이란 생각에 기운이 빠집니다.

저에게도 유난히 그런 시기가 있었습니다. 지금도 종종 반복되긴 하지만, 당시에는 거의 2달간 그런 상황이 지속되었지요. 매일 같이 12시간, 때로는 그 이상의 시간을 쏟아 붓는데 일은 줄어들 기미가 보이지 않았습니다. 엎친 데 덮친 격으로, 이렇게 시간을 쏟아도 그만큼의 성과가 나오지 않으니 일은 더 늘어만 갔지요. 정말 늪에서 허우적대는 느낌이었습니다. 여기서 벗어나려 발버둥 치는데, 계속해서 깊이 빠져만 갔습니다.

회의감이 들기 시작했고, 그것은 불안과 두려움으로 변해갔어요. 출근이 짜증난다는 것을 넘어, 무서워지기 시작했습니다. 막막했어요. 분명히 오늘도 집에 늦게 갈 테고, 그 시간까지 뭘 해 본다고 한들 마법처럼 성과가 좋아지지도 않을 것 같고요. 바닥에 가시가 가득한 숲에 있는 것처럼 느껴졌습니다.

일이 짜증난다는 것은 일이 두렵다는 것에 비하면 별거 아니더군요. 두려움이 느껴지자 매순간이 목을 턱턱 조여 왔습니다. 무책임하다는 소리를 듣더라도 도망치고 싶었어요. 이 상태로 가다가는 우울증에 걸리지 않을까도 진심으로 걱정했지요. 퇴근하고 나면 잠잘 시간도 빠듯해, 스트레스를 풀어 줄 어떠한 것도 할 수 없었다는 점도 큰 문제였어요. 출근할 때는 두렵고, 퇴근할 때는 잔뜩 풀이 죽었고, 잠자기 전에는 불안했습니다. 꿈도 업무에 관련된 것이 주를 이뤘고, 그렇게 잠을 설치다 보면 또 출근이 다가왔습니다.

두려움을 줄이기 위한 노력이 없던 것은 아닙니다. 끊임없이 내 자신에게 긍정을 불어넣었어요. 괜찮다, 나중에 잘될 거다, 내가 애쓴 만큼 결과가 돌아올 것이다, 이 또한 다 지나갈 것이다…. 그런데 좀처럼 효과가 없었어요. 두려움에 모든 다짐이 흔적도 없이 쓸려 나갔고, 쓸려 나간 자리는 깊게 패여 더 큰 두려움이 자리 잡았습니다.

이대로는 안 되겠다 싶었죠. 다른 방법이 필요했습니다. 제가 회사의 흐름 자체를 뒤집을 수는 없으니, 제 맷집을 더 단단하게 만들어 줄 주문이 필요했습니다. 수십 가지 주문을 사용해 보던 중, 어느 날은 이런 주문을 외게 되었어요.

'숨이 붙어 있으니 하루는 또 지나간다.'

세상이 무너지지 않는 이상 오늘 하루가 힘들어도 지나갈 것이라는 생각이었습니다. 일단 오늘 주어진 일만으로도 힘드니, 오늘을 보내는 것에만 집중하고자 했습니다. 그래서 다른 걱정을 차단하고, 오늘 주어진 일을 하나하나씩 처리했습니다. '오늘 이걸 한다고 해서 내일 나아질까?' 하는 생각이 차오를 때면 고개를 절레절레 저어 털어냈습니다. '오늘은 오늘이니까, 일단 오늘을 넘기면 된다'고 계속 되뇌었죠.

그렇다고 갑자기 제 삶이 갑자기 윤택해진 것은 아니에요. 하지만 예전보다는 분명 나은 기분이었어요. 내일을 걱정하며 축 처진 채 퇴근했던 날들보다, 오늘 주어진 일을 어떻게든 끝내고 퇴근했다고 생각할 때 마음이 조금이나마 가벼웠습니다. 약간의 보람까지 느껴질 정도였죠. 출근할 때도 그날 하루만 생각하기 위해 집중했습니다. 오늘도 더럽게 많은 것이 주어지겠지만, 오늘 끝낼 수 있는 것까지만 오늘 끝내면 된다. 어쨌든 지나간다. 그렇게 되뇌었습니다. 더 힘을 내 보기 위해, '아, 버티다 안 되면 때려치지 뭐!'라는 호기로운 생각까지 덧붙였습니다(실제로 그러길 바라진 않았지만…).

우리는 하루살이가 아니기 때문에 분명 모든 하루는 연결되어 있습니다. 그래서 하루하루를 칼로 딱딱 잘라 생각하기는 쉽지 않아요. 하지만 우리가 하루에 감당할 수 있는 자극도 한정되어 있는 것이 사실입니다. 오늘 하루에 내일이나 모레까지의 자극도 미리 끌어와 버린다면, 우리의 하루는 너무 무거워져 우리가 정말 견디기 힘든 수준이 되어 버릴 것입니다.

'숨은 붙어 있으니 하루는 또 지나간다.'

출근하자마자 야근이 예상되는 날이면 몇 번씩이고 그렇게 되뇝니다. 하루하루 지내다 보면, 늪 같은 시기도 끝이 보이기 마련일 테니까요. 그날들이 지나 우리는 지금 몇 십 년째 숨이 붙어 살고 있습니다. 돌아보면 사뭇 대단해요, 지겨운 하루들을 몇 천 일씩 지나온 것을 보면!

가야 할 길은 멀 테니, 힘든 시기일수록 당장 내딛는 한 걸음씩에만 집중해 나의 부담을 줄여 보도록 합시다.

태양이 매일 떠오르는 것이 약속하면서도, 변함없이 매일 사라져 준다는 것 또한 고맙습니다. 그 뒤에 떠오르는 달은 오늘 하루가 또 지나갔다는 '참 잘했어요' 도장이 아닐까요.

우리는 하루살이가

아니기 때문에

분명 모든 하루는

연결되어 있습니다.

이직의 기로에 서다

그렇게 지긋지긋한 취준 생활에서 벗어난 지 얼마나 됐다고, 저에겐 또 비슷한 순간이 찾아왔습니다. 맞아요, 이직이요.

요즘에는 이직이 활발하기 때문에 나도 언젠가 하겠거니 싶었지만, 이렇게 빨리 다가올 줄은 몰랐어요. 사춘기가 막 끝나고 안정을 찾아가던 중 갑작스럽게 오춘기가 내 머릿속을 헤집어 놓은 느낌이랄까요?

첫 직장을 딱 3년쯤 다녔을 때의 일입니다. 여러 가지 고민이 복잡하게 얽히며 자라나기 시작했고, 결국 이직을 해야겠다고 결심했습니다. 첫 직장인만큼 애착을 가지고 다녔는데, 현실 앞에서 그런 애착은 생각보다 쉽게 떨어져 나가더군요.

이 회사가 앞으로 계속해서 살아남을 수 있을지, 나는 언제까지 이 일을 통해서 살아가야 하는 건지. 이왕 같은 시간 일하는 거 더 많은 돈을 받고 싶기도 하고! 그 모든 것을 고려하자니, 개인이 회사에 가지는 애착은 조금 바보 같고 사치스러운 것이라 느껴졌습니다.

그래서 그곳에서 있었던 몇몇 추억이나, 좋은 사람들에 대한 고마움만 남기고 회사에 대한 애착은 떼내 버리기로 했습니다. 그렇게 회사에 퇴사 의사를 전하고, 시원섭섭한 마음으로 마지막 근무를 마쳤습니다.

반복적인 일상이 지겹긴 했어도, 매일 어딘가 나갈 곳이 있다는 사실은 내심 편안했었는데…. 미래에 대한 불안이라는 혹을 떼고자 한 선택은 제게 당장의 불안이라는 혹을 붙여 주었습니다. 내일부터 이 세상에 내가 앉을 책상이 없다는 사실을 생각하니 조금 두려웠습니다. 그때부터 온갖 걱정이 밀려들기 시작했죠.

'이직 할 수 있을까? 지금보다 좋은 조건에 갈 수 있을까? 받

아주는 곳이 없어서 몇 달, 몇 년간 이직 준비만 하고 있으면 어떡하지?'

이제 고작 첫 날이니까, 일단은 접어 두고 놀아 보기로 했습니다. 긴 시간은 아니었지만, 3년간 열심히 일한 내 자신에 대한 일종의 보상이기도 했습니다. 유럽까지는 못가도 동남아시아 휴양지로 여행을 떠났어요. 내일 출근할 걱정 없이 아름다운 석양을 바라보며 칵테일과 맥주를 마시고 있자니, 내 팔자도 나쁘지 않다는 생각이 들었습니다. 돈을 벌기 위해 했던 갖가지 고생은 잠깐 잊고, 내키는 거 먹고, 비싼 마사지 받고, 쇼핑도 했어요.

일주일이 지나 한국으로 돌아왔습니다. 다음날 아침에 기분이 조금 이상하더라고요. 회사에 안 가서 좋긴 한데, 뭔가 학생 때의 방학과는 사뭇 다른 느낌이었어요. 노는 것도 해 본 사람이 잘한다는 말이 사실인지, 저는 잠시 잊었던 불안감이 일주일 만에 스멀스멀 올라왔습니다. 그걸 애써 눌러 보려 했어요. 조금 놀아도 되는데, 그래도 되는데, 아무리 재밌게 놀고 들어온 날도 침대에 누워 눈을 감으면 자꾸 불안했어요.

그렇게 이상한 기분을 안고 한 달쯤 놀았습니다. 놀다 보면 불안함도 조금씩 잊을 줄 알았는데, 결국은 한 달이 한계였습니다. 놀아도 완전히 즐겁지 않으니 다시 놀지 않는 생활로 복귀할 수밖에요.

노트북을 열고 이직에 대해 알아보기 시작했습니다. 첫 번째 취직보다는 쉬울 줄 알았는데, 막막한 건 똑같았어요. 참나, 어쩜 이렇게 똑같은지. 예전처럼 구직 사이트를 들락날락했고, 어디 괜찮은 곳 없을까 이리저리 기웃거렸습니다. 달라진 점이 있다면 검색 필터에 '3년차'라는 조건을 넣을 수 있던 것뿐이랄까요? 신입사원으로 지원할 땐 왜 죄다 경력만 뽑는 건지, 경력직은 직장을 구하기 더 쉬운 건가하고 생각했었는데… 웬걸요, 많아 보였던 경력직 채용도 충분하지 않았고, 또 경력직 내에서도 이런 저런 조건은 왜 이렇게 많은지.

회사를 제 입맛에 다 맞출 수는 없으니 계속해서 찾을 수밖에 없었습니다. 하루에도 몇 번씩 채용 사이트를 확인하고, 잘 써지지도 않는 이력서를 붙잡고 끼적였습니다. 집에 있으니 계속 몸도 마음도 처지는 것 같아 매일매일 출근하듯이 카페에 나갔습니다. 이 모든 과정을 대하는 제 감정은 첫 취직을 준비할 때와 똑같았어요.

아, 이런 걸 왜 써야 해, 돈 벌려고 지원하는걸 뭐 어떻게 설명해야 하나. 게다가 이직만의 어려움도 있었죠. 신입과 다르게 내가 지난 직장에서 해왔던 것들을 잘 정리해야 했어요. 구체적인 데이터나 참고 자료를 제시해야 했기 때문에, 예전처럼 '자소설'을 써 내는 것에도 한계가 있었죠.

아시죠, 이런 얘기? 끝이 없을 것 같아 이쯤에서 생략합니다. 그렇게 서류를 전부 완성하고, 신문배달기사가 신문을 돌리듯 이곳저곳에 열심히 뿌렸습니다. 제발 어디든 연락 좀 오길 바라는 마음으로.

이제 기다림의 시간이 찾아옵니다. 낚시를 제대로 해 본 적은 없는데, 낚시를 하면 이런 기분일까요. 아마 고기를 기다리는 시간보다 더 초조할 것 같습니다. 안 잡히면 그만이라는 강태공의 마음까지 가질 순 없으니까요.

어떤 곳에선 반가운 소식이 날아오고, 어떤 곳에선 이메일 알림 첫 줄만 봐도 좌절스러운 소식을 받았습니다. 그마저 아무 답변도 주지 않는 곳도 있었죠. 안 된 건 어쩔 수 없으니, 나를 불러준 곳에 감사하며 면접을 보러 갔습니다. 면접장에서 나는 또 얼마나 작아지는지. 잘 대답할 수 있었던 질문도 그 자리에선 종종 헛소리로 마무리해 버리곤 합니다. 그리고 나선 집에 돌아갈 때

바보 같은 나 자신을 자책하지요.

그렇게 면접만 10곳 가까이 본 것 같아요. 면접을 끝내고 나온 저는 항상 허기가 졌습니다. 내 안의 많은 부분을 쏟아 냈으니 무엇이라도 채워 넣어야겠다는 생각 때문이었을지도 모르겠습니다.

역시 몇 곳은 떨어졌고, 몇 곳에선 연락이 왔습니다. 한 곳이라도 날 불러 주는 곳이 있다는 사실이 다행스러웠습니다. 하지만 감사함은 간사하게도 오래가지 않더군요. 그 몇 없는 선택지 사이에서 지독한 고민은 또 시작되었습니다.

여러분이라면 어떻게 하시겠어요? 한 곳은 조금 이름이 난 곳입니다. 반면 다른 곳은 내가 살면서 처음 들어본 회사입니다. 앞으로의 전망을 생각하면 큰물에서 놀아야겠지 싶으면서도, 생각보다 낮은 연봉 조건에 울상이 됩니다. 오히려 연봉은 낯선 그 회사가 더 많이 주겠다고 합니다. 이것 참. 그래 봤자 당장 몇 백만 원 차이인데, 더 먼 곳을 향해야 할 시선은 자꾸 발 앞의 현실에서 고꾸라졌어요. 미치겠더라고요, 정말.

그렇게 고민으로 가득 찬 여름날이 한창이던 중, 한 모임에 나가게 됐습니다. 정확히 말하자면 제가 주최한 모임이었습니다. 운영 중인 SNS 페이지 '무자극 컨텐츠 연구소'의 활동 중 일환으로, 삶의 자극을 줄일 수 있는 방법에 대해 이야기해 보자는 마음으로 준비한 작은 모임이었어요.

정원이 열 명 남짓이었던 그 모임은, 작은 동네서점에서 진행되었습니다. 저를 포함한 참가자들은 각자 이런저런 자극에 대해 이야기를 나눴어요. 학업, 연애, 진로 등 어쩌면 뻔하지만 삶에서 사라지지 않을 그런 자극들이었어요.

당연히 저의 고민은 이직이었습니다. 제가 가지고 있던 선택의 고민을 횡설수설 털어 놓았어요. 모임의 주최자치고는 조금 어설픈 모습이었겠지요.

그렇게 한두 시간 동안 고민을 털어 놓고 나서, 서로 쪽지에 응원의 말을 적어 주는 시간이 있었어요. 제가 받은 쪽지에 쓰여 있던 말을 들려 드릴게요.

"연봉과 성장가능성, 둘 모두 중요한 가치이기에 결정하기 어려울 것 같아요. 그런데 저는 연봉이란 시간의 흐름에 따라 축적되거나 미래에 오를 수 있는 기회가 있다고 보지만, 성장가능성은 타이밍이라는 생각이 들어요. 배움이나 기회는 돈으로 살 수 없으니까요! 지금 조금 더 배우고 투자하면 나중에 더 큰 연봉을 받으실 거라 믿습니다. 파이팅입니다!"

낯선 사람에게 받는 위로가 따뜻하기도 했지만, 내 머릿속에 있는 생각을 낯선 사람이 그대로 읊어준 느낌이 더욱 놀라웠습니다. 솔직히 저도 그렇게 생각하고 있었거든요. 당장의 돈을 좇지 말고 미래를 봐야한다, 지금의 몇 백만 원이 그렇게 중요한 것은 아니라고.

하지만 그게 참 안 되더군요. 눈앞에 있는 떡은 항상 커 보이잖아요. 그래서 이처럼 따뜻한 위로를 받고도 한참을 고민했어요. 그 쪽지를 전해준 분에게 미안할 만큼요.

저는 어떤 선택을 했을까요? 여러 가지 가치를 두고 정말 끝까지 고민했어요. 그리고 결국에는 마감 기한이 다 되어서야 간신히 선택을 내렸죠. 그렇게 힘들게 선택한 지금 직장을 돌아보면, 100점일까요? 그렇게 말하긴 어려워요. 좋은 점도 있고, 힘든 점도 있습니다.

그래도 저는 어쨌든 제 의지로 선택을 내렸어요. 그 점에 대해서는 후회하지 않습니다. '답은 정해져 있으니 너는 대답만 하면 돼'라는 말도 있죠? 어떤 문제에 대해 고민할 때, 남들에게 많은 조언을 받지만 결국엔 그 순간 자신의 마음이 가는 것을 선택하게 되어 있습니다.

선택은 분명 100점짜리가 되진 못할 거예요. 우리가 아무리 오랜 시간을 고민했다고 한들, 한 가지를 선택함으로써 잃는 다른 것들은 항상 존재합니다. 아쉽게도 시간은 되돌릴 수 없지요.

그저 자책만 하지 않기로 합시다. 내 자신은 그 순간 최선의 선택을 한 거고, 기억을 지우고 그때로 돌아간다고 해도 나란 사람은 분명 똑같은 선택을 할 테니까요. 그게 어쩔 수 없는 나입니다.

무자극 모드 ON

그때 다른 선택을 하면 어땠을까 하는 평행우주적인 사고는 그만 둡시다. 영화와 다르게 우리의 시나리오는 정해져 있지 않고, 과거로 돌아가 수정할 수도 없어요. 하지만 미래를 그려 볼 수 있는 권리가 있습니다. 미래야말로 우리가 신경 써야 할 우주입니다.

퇴근 후에 내 시간이 없다

저는 출퇴근 거리가 왕복 3시간쯤 됩니다. 정시에 퇴근한다고 해도, 집에 도착하면 8시쯤이 돼요. 야근을 조금 하는 날이면 9시, 10시가 훌쩍 넘어 도착할 때도 있지요. 집에 도착해 대충 씻고 밥을 먹으면 또 1시간이 갑니다. 보통 새벽 1시에 잠이 드니까, 퇴근 후에 제게 주어진 시간은 적게는 2시간에서 많아 봤자 3, 4시간 정도인 셈이에요. 하루 종일 부대낀 외부의 자극을 씻어 내기엔 짧은 시간입니다.

'허무하다.'

하루는 24시간인데, 나만을 위해 주어진 시간은 고작 1/8 남짓에 불과하다니. 물론 일을 하는 시간도 내 시간이고, 출퇴근 시간, 자는 시간도 내 시간이지만, 뭔가 내 것이 아닌 느낌 아시잖아요? 분명 내가 쓴 돈이지만 매달 뺏기는 기분이 드는 카드대금처럼.

얼마 전부터 '워라밸(일과 삶의 균형을 뜻하는 Work and Life Balance의 준말)'이라는 단어가 주목받으면서, 많은 사람들이 이 문제에 대해 고민하기 시작했습니다. 그러려니 하면서 묵묵하게 버텨왔던 사람들이, 이대로는 안 되겠다는 위기감을 느낀 것입니다. 예전보다 참을성이 약하다거나, 괜스레 유난을 떠는 건 아닐 거예요. 경제와 기술의 발전을 이룩한 지금이 이론적으로는 과거보다 훨씬 행복해야 마땅하지만, 동시에 경쟁은 더 치열해지고 헤아릴 수 없을 만큼 다양하고 새로운 위험요소들이 등장했습니다. 삶은 나아진 동시에 팍팍해져 버린 것이죠.

어떻게 하면 퇴근 후에 느끼는 허무함을 떨치고, 이 팍팍한 세상에서 무자극의 평화를 누릴 수 있는 걸까요?

이 문제에서 당장 바꿀 수 없는 사실은 고려 대상에서 제외합시다. 내게 주어진 시간의 양 자체를 원하는 만큼 늘릴 수 없다는 점을요. 바꿀 수 없는 사실에 집중하다 보면, 불만이 쌓이는 속도는 더 빨라지기 마련입니다. 아무것도 할 수 없는 내 모습에 무력감까지 느끼게 되죠. 언젠가는 그 사실 자체마저 바꿔 버릴 수 있는 기회가 생길지도 모르지만, 일단은 손에 잡히는 것을 바라보기로 해요.

그건 바로 우리에게 주어진 시간입니다. 어떻게 해서든 지금보다 잘 쓸 수 있어야, 퇴근 후에 느끼는 허무함을 조금씩 벗어낼 수 있어요. 평소 내가 퇴근 후에 무슨 일을 하는지 차근차근 짚어 봅시다. 대충 머릿속에는 있겠지만, 하나씩 직접 써 보면 정리에 더 도움이 됩니다. 저는 보통 이런 일들을 하고 있더라고요.

[퇴근 후 내가 하는 일(약속이 없는 혼자만의 시간일 때)]

- 저녁 먹기(밖에서 혼자 먹고 들어올 때가 대부분)
- 씻기
- 회사에서 내일 처리해야 할 일을 미리 준비해 두기
- 유튜브 혹은 넷플릭스 시청
- 글쓰기(그렇게 쓴 것이 지금의 책입니다!)
- 스트레칭
- 여자친구와 통화

산발적인 것들이 더 있겠지만, 자주 반복되는 것을 추려 보니 대략 이랬습니다.

여러분은 어떠신가요? 대부분 평균 2~3가지는 거뜬히 넘을 거라고 생각해요. 퇴근 후에 많은 일을 하지 못해 허무하기 보다는, 많은 일을 하고 싶은데 그만큼을 충족하지 못하니 허무함을 느낀 것은 아닐까요?

뭐라도 열심히 하지 않으면 정말 내가 출퇴근 기계가 될 것 같은 불안함이 들겠지만, 우선 시간이 제한된 만큼 하는 일의 개수를 줄여 볼 필요가 있습니다. 이것저것 조금씩 건드리다 보면, 정작 어느 하나에도 제대로 집중하지 못해, '아무것도 하지 못한 기분'을 느낄 확률이 높습니다.

퇴근 후에 하는 일을 쭉 나열했다면, 이제 그것을 분류해 봅시다. 정말 다양한 일들이 있겠지만, 크게 나눠 보면 결국 세 가지 정도로 추려질 거예요.

1. 의무로 해야 하는 일
2. 스트레스 해소를 위해 하는 일
3. 자아실현을 위해 하는 일

저를 예로 들면, 유튜브 혹은 넷플릭스 시청은 2번에 해당될 테고, 글쓰기는 3번에 해당합니다. 혼자 먹는 저녁의 경우엔 생존을 위한 것이니 1번에 속한다고 할 수 있고요. 분류에 맞게 나눴다면, 이번엔 쭉 한 번 읽어 봅시다. 우리가 시간을 어떻게 보내야 하는지에 대해 조금씩 정답이 보이기 시작할 거예요.

1. 의무는 가장 먼저 처리하기

- 의무는 대부분 스트레스로 작용할 가능성이 높아, 이것에 집중하다 보면 내 시간은 자연스럽게 부정적으로 흘러가게 됩니다. 이런 일들을 최소화할 수 있다면 좋겠지만, 말 그대로 '의무'이기 때문에 쉽게 줄일 수 없습니다. 차선책이 있다면, 퇴근 후 해야 할 일 목록에서 의무에 관련된 것들을 가장 먼저 처리하는 것입니다. 이것이 해결되지 않으면 퇴근 후 시간은 계속 어딘가에 묶여 있다는 느낌으로 보내게 됩니다. 청소라는 의무를 예로 들면, 뒤로 미루고 쉬더라도 결국 언젠가는 해야 하니 계속해서 신경이 쓰이죠. 꼭 해야만 하는 일일수록 빠르게 해치우고, 나머지 시간을 확실히 사수하세요.

2. 스트레스 해소라는 이유로 늘어지지 않기

- 보통 퇴근 후의 스트레스 해소 방법은 '최소한의 움직임으로 생각 없이 받아들일 수 있는 것을 하기'입니다. 하루 종일 바쁘게 움직였기 때문에, 퇴근 후만큼은 격렬하게 아무것도 하지 않고 싶죠. 하지만 이것도 오래 하다 보면 처지는 느낌을 주고, 허무함으로 이어질 가능성이 높습니다.

퇴근 후에 유튜브나 넷플릭스, TV를 시청하다 보면 목이 뻐근해 오면서 재미는 점점 없어지고, 결국 '에휴, 그만 봐야지'하는 생각이 들게 되잖아요? 재미있게 볼 수 있는 만큼의 분량만 즐기는 것이 좋아요. 그래야 내일도 새롭고 짜릿하게 즐길 수 있겠지요?

3. 자아실현을 위한 일은 한가지로 제한하기

- 퇴근 후 시간을 가장 알차게 쓰는 방법이 바로 자아실현일 테지만, 이 또한 과하면 역효과를 낳습니다. 이런 일은 보통 한가지만 해도 굉장히 바빠요. 운동을 한다거나, 외국어 공부를 한다거나, 그림을 그린다거나. 동시에 하지 말고, 어느 한 가지가 싫증이 난다거나 내게 맞지 않는다고 판단될 때 다른 것으로 넘어가도 늦지 않습니다. 자아실현도 좋지

만, 자신에게 먼저 여유를 주고 시작하자고요.

퇴근 후 시간을 잘 보내는 것의 핵심은 '균형'이라는 생각이 들어요. 주어진 시간을 최대한 균형 있게 쓰다 보면, 시간에 대한 만족도가 상승해, 절대적 시간은 늘어나지 않았음에도 불구하고 허무함을 줄일 수 있죠.

우리에게 주어진 하루는 짧지만, 내일도 있고 내년도 있습니다. 조금 더 길게 보고, 나 자신이 내 시간의 온전한 주인공이 될 수 있도록, 천천히 균형의 무대를 만들어 봅시다.

무자극 모드 ON

퇴근 후에 하는 일을 적어 봤더니, '난 진짜 아무것도 안 하고 있네'라고 생각하시는 분도 계시겠지요? 비어 있다는 것이 항상 나쁜 건 아닙니다. 빈칸을 하나씩 천천히 채우면 돼요. 빈칸은 썰렁하지만, 동시에 새로운 씨앗을 뿌리기에도 좋은 비옥한 땅입니다.

내가 일을 잘 하지 못한다고 느낄 때

저는 종종 제가 '일을 잘 하지 못한다'고 느낄 때가 있습니다. 슬픈 일이에요. 자존심이 막 상하면서, 저마저 제 자신을 한심한 존재로 여기게 되죠.

· 상사에게 무언가를 보고했는데 반응이 영 좋지 않을 때
· 더 나아가 그것으로 인해 대판 깨질 때
· 많은 시간을 쏟아 진행한 일의 성과가 좋지 않을 때
· 아이디어를 내야 하는데 도무지 생각이 나지 않을 때

· 내가 진짜 어렵다고 생각한 일을 동료나 후배가 너무 쉽게 처리해 버릴 때
· 손과 머리가 느려 집에도 못 가고 야근을 하고 있을 때

이런 상황에 처할 때면 마음속에서 나를 닦달하는 목소리가 울립니다.

'나 왜 이러지. 왜 이것밖에 못 하는 거지? 나는 왜 그 생각을 진작 하지 못했을까?'

물론 내가 통제할 수 없는 환경적인 요인으로 인한 문제거나, 주어진 일 자체가 너무 무리한 요구일 때도 있어요. 그럼에도 불구하고 말이죠, 어쨌거나 내가 잘 해낼 수 있는 부분이 있었을 텐데 그걸 잘 못하고 있다고 생각하니 기분이 안 좋아져요. 내면의 목소리는 더욱 날카로워지기 시작합니다. 안 좋은 생각을 떨쳐내기 위해 여러 가지를 해 봤어요. 첫 번째는 나 자신에게 괜찮다고 말하는 것이었습니다.

'괜찮아, 못할 수도 있지. 네가 잘할 때도 있었잖아.'

가장 기본적인 방법이면서, 스스로를 극한으로 몰아가는 것을 막을 수 있는 건강한 태도라고 생각해요. 하지만 효과는 오래

가지 않더라고요. 자책감이 몰려올 때면 이런 보호막은 마치 파도를 마주한 모래벽처럼 사르르 녹아 없어져 버렸습니다.

두 번째는 가까운 사람들한테 말해 보는 것이었어요. 연인이나 친구, 혹은 가족이요. 쉽지는 않은 일이죠. 가까운 사람일수록 나의 약한 모습을 꺼내 보여 주기 어려울 때가 있잖아요. 그래도 용기를 내서 몇 번 말을 하고 나니 얻는 게 더 크다는 걸 깨달았어요. 그들에게 듣는 위로는 내가 내 자신에게 건넬 수 있는 위로보다 훨씬 따뜻했습니다. 그런데 간사하게도, 이런 따뜻함도 불현듯 찾아오는 자책감 앞에선 금방 잊어버리곤 했어요. 위로를 한가득 받고 '이제 괜찮다, 다 잊을 수 있다' 싶었는데, 금방 또 아무 위로를 받지 못했던 사람처럼 축 처지더라고요.

그러고 나니 더 고민에 빠졌습니다. 이 상황에서 벗어나려면, 아니 벗어나진 못하더라도 조금이라도 나아지려면 어떤 방법을 써야 하는 걸까? 나도 나에게 큰 위로가 되지 못하고, 주변 사람들의 따뜻함도 오래 간직할 줄을 모르고. 결국 근본적인 해결책이 필요하겠다고 생각했습니다.

이 상황의 근본적인 문제는 무엇일까 생각하다 보니, 단지 긍정적인 사고방식이나 따뜻한 위로만으로 해결할 수 없다는 결론에 도달했습니다. 어려움에 처했을 때 "긍정적으로 생각해라", "마음을 굳게 먹어라" 하는 말을 많이 듣곤 하지만, 그것만으로 안 되는 문제도 정말 많거든요.

그래서 '근본적인 실마리'를 찾아 나가기 시작했습니다. 방법은 식사 시간이나, 작은 회의가 있을 때 상사나 동료에게 나의 상황을 솔직하게 이야기하는 것이었어요.

"제가 지금 진행하고 있는 업무가 제게는 좀 어려워요. 제가 잘 하고 있는지 모르겠어요. 아니, 잘 못하고 있는 것 같아요. 더 잘 해야 할 것 같은데, 회사의 기대만큼 잘 하지 못하는 것 같아요. 어떻게 하면 더 잘 할 수 있을까요?"

이런 말을 꺼내는 게 처음엔 정말 쉽지 않았어요. 회사에서 내면의 감정이나 고민을 드러낸다는 것이 잡담처럼 자연스럽게 나오는 것은 아니니까요. 하지만 회사에서 적어도 이런 고민을 들어 줄 수 있는 상사나 동료가 한 명쯤은 있을 거예요(만약 없다면 옮기는 것을 적극 고려해 보시길 바랍니다). 그리고 그 사람들에게 이런 고민을 털어놓았을 때, 저는 생각보다 큰 효과를 얻을 수 있었습니다.

아무리 여러분의 친구, 연인, 가족이 여러분과 가깝다고 한들,

회사에서 행해지는 것을 100% 공감하고 이해하기는 어려워요. 그러길 바라는 것은 욕심이에요. 말로 다 설명하지 못하는 복잡 미묘한 것들도 있고, 회사의 분위기나 흐름 자체는 내부인이 아니고야 정확히 읽어 내기 어려울 테고요. 그렇기 때문에, 적어도 이런 유형의 문제는 상사나 동료가 더 좋은 해결책을 제시해 줄 수 있는 사람인 셈이지요.

말 자체의 온도는 조금 덜 따뜻할 수도 있어요. 100%의 위로보다는, 따끔하고 현실적인 조언이 섞여 있을 수 있으니까요. 하지만 그것이 자책감에 빠진 우리에겐 도움이 될 것입니다. 이 자책감에는 감정적인 위로 이상으로 현실적인 조치가 필요하죠. 여러분이 어려워하고 있는 업무에 대해 조언을 해 준다든지, 혹은 협조해 줄 사항이 있다면 협조해 준다든지, 아니면 여러분의 스케줄을 조정해 주거나 예산을 늘려 줄 수도 있는 것이고요.

이 방법이 가진 또 하나의 효과는, 여러분이 일에 대해 이렇게 고민하고 있다는 사실을 상사와 동료에게 알림으로써 그들도 여러분의 상황을 더 고려할 수 있게 된다는 점입니다.

물론 수익을 창출해야 하는 회사라는 조직의 특성상, 오랜 시간이고 여러분의 상황을 기다려 주진 않을 것입니다. 하지만 단

자책감에는

감정적인 위로 이상으로

현실적인 조치가

필요합니다.

순히 '성과를 못 내고 있는 직원'과 '이러저러한 어려움으로 인해 고전을 겪고 있는 직원'은 엄연히 다르게 인식될 거예요.

우리는 직원으로서 회사의 발전에 기여해야 할 의무가 있지만, 그렇다고 해서 모든 부진을 자신의 탓으로 돌릴 필요도 없습니다. 어렵고 힘든 부분이 있다면 가까운 상사와 동료에게 털어놓고, 내가 스스로 극복해야 할 부분과 회사에서 해결해 줘야 할 부분을 구분하세요.

모든 게 나의 부족함이라고 생각했던 자책감의 무게가 조금이나마 덜어지고, 실제 부족함은 보완할 수 있는 '윈-윈' 환경을 다져갈 수 있을 것입니다.

무자극 모드 on

충치를 치료하는 방법은 진통제를 먹는 것이 아니라, 아픈 부위를 도려내고 때우는 것이지요. 이처럼 때로는 따뜻한 위로를 건네주는 사람보다, 현실적인 해결책을 제시해 줄 수 있는 사람이 더 필요해요. 용기를 내어 그런 사람에게 다가가는 것이 내게 가장 도움 되는 것임을 잊지 마세요.

그만 둘 수 있으려나

평생직장 개념이 선사시대 동굴 속 벽화만큼이나 희미해진 지금, 우리는 몇 번씩이고 퇴사의 순간과 마주하게 될 것입니다. 경력이 짧은 편인 저도 벌써 1번의 퇴사를 경험했고, 주변의 이야기만 들어도 퇴사가 굉장히 빈번하게 일어나는 것을 알 수 있습니다.

몇 년 전부터 일종의 트렌드로까지 비춰지면서, 퇴사에 대한 책, 기사, 동영상 콘텐츠 등이 쏟아지고 있죠. 대부분이 화려하고 멋진 이야기입니다. 쿨하게 사표를 던지고 유럽 배낭여행을 떠난 사람, 회사라는 틀에서 벗어나 창업으로 성공한 젊은 사업가, 혹은 유튜브나 개인방송으로 스타덤에 오른 사람 등이죠. 그런 이야기들을 듣고 있으면, '나도 때려쳐?' 하는 생각이 절로 듭니다. 나도 회사만 벗어난다면 정말 멋진 인생을 살 수 있을 것 같은 기대감이 생기죠.

하지만 현실은 내가 오랜 시간 낭만에 젖게 두지 않습니다. 퇴사를 하고 나서 당장 내일부터 어떻게 먹고 살지를 상상하면, 호랑이 같던 마음도 온순한 멍냥이처럼 꼬리를 내리게 됩니다. 이런, 우리는 용기가 부족한 걸까요?

글쎄요, 전 그렇게 생각하지 않습니다. 퇴사는 용기 있는 자가 하는 것이 아니라, '퇴사할 만한 상황'에 놓인 사람이 하는 것이에요. 사람마다 처한 상황은 너무도 다릅니다. 누군가에게 퇴사는 좋은 선택이겠지만, 모두에게 적절한 선택이 될 수는 없어요. 화려한 퇴사 경험담만 보고 무작정 퇴사를 하는 것은 오히려 용기가 아니라 객기입니다. 그런 결정은 수많은 후회와 이불킥을 불러올 뿐이죠.

퇴사 결정에 정답은 없지만, 각자가 처한 상황을 천천히 짚어보고 신중한 결론을 내릴 필요가 있어요. 그 과정에 도움이 되길 바라며 '퇴사 자극 체크리스트'를 작성해 봤습니다. 퇴사가 지금의 나에게 적절한 해답이 될 수 있을지 함께 살펴볼까요?

[이런 분들에게는 퇴사를 추천합니다.]

1. 지금 위치에서 1, 2년 더 해 봐도 개인적으로 발전할 기미가 보이지 않는다.

저는 퇴사가 홧김에 내리는 결정이 아닌, 커리어를 위한 신중한 결정이어야 한다고 생각합니다. 그래야 후회가 적어요. 지금의 자극이 힘들어도 잠시만 견디면 내가 발전할 것인지, 힘들기만 하고 발전은 전혀 없을 것 같은지 잘 생각해 봐야 해요.

2. 정말 질이 나쁜 상사/동료/부하가 있는데, 나에게 너무 큰 스트레스다.

곁에 극심한 스트레스를 주는 사람이 있다면, 내가 그곳을 떠나는 게 현명한 선택이 될 수 있습니다. 그 사람이 하루아침에 바뀔 가능성은 희박하기 때문이죠. 물론 이때도 신중한 태도가 필요합니다. 스트레스의 원인이 그 사람 자체인지, 그로 인해 나의 삶이 진정으로 불행해졌는지 평정심을 유지한 상태에서 판단해야 합니다.

3. 적성에 맞지 않아 일터에서 일말의 보람도 없다.

회사는 돈을 버는 곳이지만, 어느 정도는 나의 자아실현도 할 수 있는 곳이어야 해요. 하루의 3분의 1 이상을 보내는 곳인데, 그 시간 내내 나를 위한 것이 하나도 없다면 결국 지칠 것입니다. 저는 최소 10퍼센트는 있어야 한다고 생각해요. 일할 때는 힘들고 짜증나더라도, 끝나고 나면 조금은 뿌듯함을 느낄 수 있는 정도랄까요? 그 비율이 높으면 높을수록 좋은데, 최소 10퍼센트도 미치지 못한다면 내게 맞지 않는 곳일 테지요.

4. 야근의 반복으로 몸이 망가져간다.

커리어적으로 발전 가능성이 있고, 동료와 급여 수준도 나쁘지 않고, 보람까지 있다고 해도, 가장 중요한 것은 건강입니다. 과도한 피로로 몸이 망가지기 시작하면 결국 정신도 병들기 마련이죠. 커리어, 동료, 급여, 보람도 모두 건강이 있어야 누릴 수 있는 것이에요. 야근 수당을 챙겨 준다고 해도 과도한 피로 누적은 좋지 않습니다.

5. 정말정말 하고 싶은 일이 생겼다.

가장 멋진 퇴사는 나의 진정한 꿈을 위해 현재의 자리를 포기하고 뛰쳐나가는 것이 아닐까 해요. 단, 충동적인 욕구가 아니라 '정말정말 하고 싶은 일'이어야만 합니다. 모호한 수준으로는 충분하지 않아요. '한번 해 볼까?' 정도가 아니라, '심장이 터질 듯이 하고 싶다. 안 하면 너무 후회할 것 같다' 정도는 되어야죠. 직업적인 부분만 말하는 것은 아닙니다. 여행을 떠나거나, 다시 무언가를 배우는 것도 해당됩니다. 저는 아직 찾지 못했어요. 이런 부류의 퇴사가 멋져 보이는 이유 또한 저도 언젠가는 꼭 그런 일을 찾고 싶기 때문일 거예요.

혹시 그런 일을 벌써 찾으셨나요? 그렇다면 이제 정말 '용기'가 필요한 순간입니다. 누군가가 보기엔 무모한 도전일지라도, 스스로 확신만 있다면 충분히 뛰어들 가치가 있으니까요.

[이런 분들에겐 퇴사를 추천하지 않습니다]

1~5번에 전부 해당되지 않는다면, 조금만 더 현재의 위치에서 고민하세요. 지금 하고 있는 일을 계속하면서 아주 조금씩 고민해 봐도 늦지 않습니다.

지금 당장 '멋쟁이 퇴사자' 대열에 합류하지 못한다고 해서 너무 슬퍼할 필요 없어요. 용기나 능력만의 문제가 아닙니다. 아직 퇴사할 만큼의 이유를 찾지 못했거나, 찾았더라도 당장의 확신이 조금 부족할 뿐이지요. 떠날 때가 됐을 때 떠나면 되고, 그 전까지는 현재의 위치를 잘 지키면 됩니다. 어찌 보면 그것 또한 퇴사 못지않게 큰 용기가 아닐는지요.

무자극 모드 on

직장 생활은 '버티기'와 '빠르게 튀기' 사이의 팽팽한 줄타기가 아닌가 합니다. 아닌가 싶으면 더 고민하고, 고민을 거듭한 결과 '이건 아니다'라는 결론이 확실해졌을 땐 과감히 정리해 보세요.

무자극 소비론

지금까지 쭉 '돈 버는 일'의 자극에 대해 이야기 했는데, 마지막으로 '돈 쓰는 일'에 대해 이야기하며 이번 파트를 마무리하려 합니다. 돈을 버는 것은 결국 돈을 쓰기 위함입니다. 쓰는 것은 버는 것보다 훨씬 달콤한 일이지만, 잘못하면 더 큰 자극을 불러일으킬 수 있는 위험 요소이기도 합니다. 저는 그걸 알면서도 소비가 무계획적이고 헤픈 편이에요. 그래서 자주 텅 비는 통장을 붙들고 깊은 후회를 내뱉곤 하지요.

이런 소비 습관은 우리를 점점 더 돈의 노예로 만듭니다. 지출이 과하면 돈 버는 일은 더욱 간절해져요. 좋지 않은 방향으로요. 아무리 돈 버는 일이 스트레스라고 해도, 나름 삶에 필요한 가치를 채워 주는 부분도 있잖아요? 작더라도 성취감이나 보람을 느끼게 하고, 사회 구성원으로서의 소속감과 누군가와 공감할 수 있는 이야깃거리를 만들어 주기도 하고요. 하지만 과소비에 허덕이게 되면, 돈 버는 일은 점점 더 돈 그 자체만을 바라보고 하는 일이 되어 버립니다. 돈 버는 스트레스는 점점 더 커지고, 우리는 더욱 지쳐가는 것이지요.

그렇기 때문에 돈의 노예가 되지 않기 위해 소비의 악순환을 끊을 필요가 있습니다. 쓰는 것의 기쁨이 크다고 한들, 그 뒤에 다가올 후폭풍까지 막아 주진 않으니까요.

경제학자나 재테크 고수라서 이런 말들을 늘어놓는 것은 아닙니다. 절약을 잘해서 젊은 나이에 큰돈을 모아 둔 것도 아니고요. 그저 소비의 악순환으로 인해 돈의 노예가 되는 것을 직접 경험하고 있는 한 사람일 뿐입니다. 어찌 보면 이 글 자체가 제 자신에게 하는 조언이자 다짐 같은 것이랄까요.

애초에 후회할 짓을 하고 그걸 계속 반복하는 사람이 삼류라면, 후회할 일은 저질렀지만 다음부터라도 달라지려는 사람은 적어도 이류는 되지 않겠어요? 삼류에서 이류라도 되어 보려고, 제 자신을 돌아보며 나름 '무자극 소비론'이란 것을 만들어 보았습니다.

1. 한 번에 몰아 쓰지 말고, 최대한 나눠 소비하기

'하이 리스크 하이 리턴(High Risk, High Return)'이라는 말이 있어요. 위험부담이 클수록 그만큼 얻을 수 있는 것도 많다는 뜻입니다. 돈을 한 번에 많이 쓰는 것은 분명 큰 위험부담이라고 할 수 있는데, 그렇다면 그 대가로 엄청난 행복을 얻을 수 있는 걸까요? 잠시 그럴 수도 있겠지만, 대개는 후폭풍도 매서워질 가능성이 높습니다. 소비 총량은 비슷하더라도, 최대한 잘게 나눠 소소한 소비를 여러 번 하는 것이 훨씬 덜 자극적일 것이라 생각해요. 돈 쓰는 달콤함을 한입에 다 욱여넣는 것이 아니라, 조금씩 느끼며 오래 음미하는 것이죠. 이렇게 뭉텅뭉텅 빠져 나가는 큰 지출만 잡아도, 통장에 숨구멍 정도는 뚫리지 않을까요?

2. 소비 기준선을 정해 놓고 확실하게 지키기

무작정 아껴 쓰자는 마음을 가지면, 그것 또한 스트레스가 됩니다. 현실적인 기준선을 딱 하나 잡아 놓고 그 범위 내에서 아끼는 것이 좀 더 편안할 거예요. 마치 다이어트와 같아요. 소비가 많다고 해서 한 번에 확 줄여 버리는 것은 굶어서 무리하게 살을 빼는 것과 비슷합니다. 순간적인 소비 총량은 줄어들겠지만, 결국 원래의 모습으로 돌아가게 되는 '소비 요요' 현상을 겪게 될 거예요. 가능한 범위 내에서 천천히 줄여가는 것이 더욱 바람직하죠.

여러분의 수입을 놓고 봤을 때, 감당할 수 있는 소비 기준선을 설정해 보세요. 연봉별로 절대적인 기준이 있는 것이 아닙니다. 누군가에게는 수입의 50% 일수도 있고, 누군가에겐 95% 일수도 있습니다. 중요한 것은 자신의 성향과 상황을 반영해 현실적인 기준을 잡아야 한다는 것입니다. 기준선을 잡고 나면, 들쭉날쭉한 소비로 인해 매번 혼란스러웠던 잔고도 조금이나마 진정될 수 있을 거예요.

3. 이미 쓴 건 후회하지 않기

1, 2번 내용과 모순되는 내용일지도 모르겠습니다. 하지만 지나간 것은 지나간 것입니다. 애초에 1, 2번을 잘 지켰다면 좋았겠지만, 분명 지키지 못하는 상황도 찾아올 수 있습니다. 아니,

찾아오고 말 것입니다. 그럴 때는 덮어 두는 것이 가장 좋아요. 카드 명세서를 보며 '왜 이렇게 많이 썼지, 이걸 왜 샀지?'라고 생각하기보다는, 지나간 액수는 묻고 다음 달 소비 기준을 재정립하는 것이 정신 건강에 훨씬 좋습니다.

제가 써놓고도 마음 이곳저곳이 뜨끔뜨끔합니다. 말은 쉽고 돈은 어려운 기분이에요. 소비에 관해 삼류인 제가 이류로라도 나아가려는 다짐 같은 것입니다. 분명 저와 비슷한 분들이 많이 계시리라 생각해요. 고생고생 해서 번 돈인 만큼, 그걸 쓰는 것은 최대한 자극 없이 즐겁기만 한 일로 느낄 수 있었으면 좋겠어요. 부디 여러분의 통장에 평화와 안녕이 깃들기를!

무자극 모드 ON

앞으로도 계속 돈을 벌며 살아갈 테고, 언젠가 이 세상을 떠날 때는 한 푼도 손에 쥐지 못한 채 떠납니다. 아끼면 잘 산다는 말도 믿지만, 아끼면 응가 된다는 말도 믿습니다. '무자극 소비론'을 유념하며 조금 더 건강한 소비 생활을 누릴 수 있는 이류 소비인이 되도록 합시다!

사랑

사랑은 좋고도 자극적인 것

"사랑이 뭐라고 생각해?"

언젠가 한 번은 친구와 술을 마시다가 이런 질문을 두고 이야기를 나눈 적이 있습니다(아마 많이 취했던 것 같습니다). 평소에 쓸모없는 이야기만 주고받던 동네 횟집에서 나누기엔 꽤나 철학적인 주제였어요. 사랑이라, 사랑.

그래도 나름 이런저런 생각을 늘어놓으며, 꽤나 진지한 태도로 대화를 나눴어요. 각자가 사랑에 대해 어떤 (개똥)철학을 가지고 있는지, 회 한 점 씹고 술 한 잔 넘길 때마다 열심히 쏟아냈습니다. 술을 마신데다가 몇 년이 훌쩍 지나 버려서, 얼마나 주옥 같은 말을 서로 뱉어 댔는지 정확히 기억이 나진 않습니다. 하지만 분명한 건, 그날의 이야기는 결국 '사랑은 좋은 거다'라는 쪽으로 결론이 났다는 것이죠.

사랑은 좋은 거죠. 저는 사랑 없이는 못 살아요. 제 삶에서 누가 사랑을 쏙 빼어 가 버린다면, 저는 상어가족을 보다가 스마트폰을 뺏긴 어린아이처럼 눈물 콧물 범벅에 비명까지 섞어 목 놓아 울어 버릴지 몰라요. 그만큼 사랑은 제 삶에서 결코 떼어놓을 수 없는 부분이자, 저를 존재하게 하는 전부입니다.

사랑은 우리가 혼자였다면 결코 경험하지 못했을 만큼 커다란 황홀함과 달콤함을 선사합니다. 재미도 있고 감동도 있습니다. 지쳤을 때는 순식간에 에너지를 충전해 주고, 기분이 안 좋을 때는 가슴 깊은 곳에 응어리진 것을 사르르 녹여 줍니다. 때로는 사랑만 있다면 모든 역경도 헤쳐 나갈 수 있을 것 같은 자신감을 심어 주기도 하죠.

그런데요, 이렇게 좋은 점만 있다면 이 책에서 다루지도 않았을 것입니다. 결론적으로 좋은 것은 사실이지만, 그 이면에는 모순적이게도 굉장한 자극이 포함되어 있어요. 사랑의 과정은 시작부터 끝까지 예측할 수 없는 고난의 연속이죠. 그런 점을 가장 잘 표현한 것이 '사랑과 전쟁'이라는 말이 아닐까 합니다. 이 두 단어를 처음 조합해서 쓰신 분의 통찰력은 정말 대단하다고 생각해요. 정반대인데 동시에 서로 떼어 놓을 수 없는 사이기도 하니까요.

사랑은 전쟁처럼 불안정해서 언제든 우리의 마음을 쑥대밭으로 만들 수 있습니다. 너무 행복하다가도 걷잡을 수 없이 불행해지고, 세상에서 가장 재미있다가도 별점 1개짜리 영화만큼이나 지루해지는 순간도 있습니다. 세상에 신이 있다면 사랑이란 달콤함에 왜 이렇게 많은 가시를 심어 둔 것일까요? 사랑이란 걸 만들어 놓고 보니 인간이 맘껏 즐기기엔 너무 좋은 것이라, 자신도 모르게 질투심을 품은 것일까요?

사랑은 이미 그렇게 만들어진 것이니 우리가 어떻게 손 쓸 수 있는 것은 아닙니다. 하지만 조금 더 생각해 보면, 가시를 최대한 발라내고 건강하고 행복한 사랑을 누릴 수 있는 방법도 분명 있을 거라 생각해요. 아니, 있어야만 해요. 평생 사랑의 긍정적인 힘을 연료 삼아 살아갈 것이고, 그렇기 때문에 내가 지금 누리고 있는 사랑과 앞으로 다가올 사랑에 관련된 자극을 무자극적인 태도로 극복할 수 있어야 해요.

앞으로 우리가 겪을 사랑의 과정에는 어떤 자극이 펼쳐져 있을까요? 무엇이 됐든 이 챕터가 끝났을 때는, 결국 사랑의 긍정적인 에너지만 남을 수 있길 바랍니다.

도대체 내 사랑은 어디서 만나는데요?

사랑의 자극에 대해 다루기 전에 이 부분을 짚고 넘어가지 않으면 안 되겠지요.

"사랑의 자극이고 나발이고, 저는 지금 사랑하는 사람이 없어요. 도대체 어디서 만나죠?"

'연인은 어디에서 만날 수 있는가'는 많은 사람들의 공통된 고민입니다. 솔로일 때면, 저도 그런 걱정을 참 많이 했어요. 저번엔 어쩌다 보니 연애를 했는데, 이젠 진짜 어디서 누굴 만날 수 있지? 앞으로 내게 연애는 다시 찾아오지 않는 것 아닐까? 외로움이 걷잡을 수 없이 커지기 전에 빨리 떨쳐낼 수 있기만을 소망했죠.

나이가 들수록 이런 고민은 커질 수밖에 없어요. 학생 때는 적어도 학교라는 울타리에 수많은 남녀가 묶여 있었는데(물론 이마저도 남고, 여고, 공대, 여대라면 해당되지 않겠지만요), 그 울타리를 벗어나면 양식장에서 드넓은 바다로 던져진 물고기처럼 막막함에 부딪힙니다. 회사요? 아시잖아요. 남녀가 많을 진 모르겠지만 너무 큰 위험부담이 존재합니다. 관심을 표현했다가 이상한 사람이 될까 봐, 또 헤어지고 나면 매일 출퇴근이 고통스러울까 봐…. 누군가에게 마음이 생기다가도, 이런저런 것을 따지며 마음을 접곤 하지요. 결국 답은 소개팅밖에 없나 싶습니다.

아직 연애 경험이 없거나, 솔로 기간이 장기화되는 경우에는 조바심을 더 크게, 더 자주 느낍니다. 단순히 '연애를 하지 못해서 심심하다' 정도로 여길 수 있다면 괜찮겠지만, 오랜 기간 연애를 하지 못하는 것이 때로는 자존감의 하락으로 이어지기도 합니다. 날 사랑해 줄 사람이 없다, 나는 사랑받을 수 없다는 비극적인 가정으로 치닫는 것이지요.

그런데요, 이 세상에 연애라는 시스템이 아주 오랜 기간 동안 이어온 이유가 있습니다. 다들 만나기 어렵다고 생각하지만, 또 길거리를 둘러보면 어디서 이렇게 많은 커플이 쏟아져 나왔나 싶잖아요. 도대체 다들 어디서 이렇게 쌍쌍으로 맺어지셨는지…?

연애는 누구에게나 자주 찾아오는 것은 아닐지라도, 한 번쯤은 꼭 찾아오게 되어있습니다. 물론 잘생기고 예쁘면, 혹은 소위 잘 나가면 그럴 확률이 더 높아지는 것은 사실입니다. 하지만 지금까지 연애 경험이 한 번이라도 있다면 우리 스스로를 돌아보세요. 꼭 외모가 훌륭해서, 능력이 좋아서 연애를 했던 것일까요? 그저 상대방에게 좋은 사람으로 비춰질 무언가를 가지고 있었기 때문일 것입니다. 연애 경험이 없으시다면 연애를 해 본 친구를 살펴보세요. 그 친구가 완벽한가요? 그렇지 않을 가능성이 훨씬 높습니다.

많은 커플들의 이야기를 들어보면, '이야, 어떻게든 만나게 되는구나' 싶습니다. 똑같은 이야기로 만난 커플은 하나도 없어요. 방식은 비슷할 수 있겠지요. 소개팅이라든가, CC라든가. 하지만 조금만 자세히 보면 세세한 부분은 다들 너무나 달라요. 모두 지금의 연인을 만나기 위해 사전 준비를 치밀하게 하진 않았을 거예요. 우연한 기회로 소개팅을 받거나, 친구 사이가 우연한 계기로 급물살을 타게 되거나, 마음이 공허해 가입한 동호회에서 우연히 이상형을 발견했는데, 또 우연히 그 사람도 날 좋아해 주거나. 이처럼 연애는 우연적인 요소가 많이 작용하는 일입니다.

당장 연인이 없는 상황을 한없이 부정적으로 바라볼 필요는 없어요. 언제 올지 모르는 그날을 무작정 기다리는 데 시간을 허비한다면, 그만큼 아까운 것도 없어요. 연애를 하던 하지 않던 딱 한 번 밖에 없는 시간이에요. 연애를 하고 있다면 오늘 이 날이 연애의 한 페이지로 남겠지만, 솔로라면 나 자신의 한 페이지로 남을 것입니다. 둘은 각자 다른 선택지일 뿐이지, 무엇이 더 가치 있는 일이라고 비교할 수 없습니다.

그래서 전 지금 연애를 하지 못하는 분들에게 힘내라고 말할 필요는 없다고 봅니다. 이건 힘을 낼 영역은 아니에요. 행운을 빈다는 말이 더 좋겠습니다. 여러분에게 꼭 맞는 사람을 마주하게 되는 그런 엄청난 행운을요.

기회는 반드시 찾아옵니다. 분명 팔자에도 없던 사람을 만나게 될 거예요. 연상인지 연하인지, 직업이 뭔지, 심지어는 국적이 무엇인지. 그건 닥쳐 봐야만 공개됩니다.

연애를 하고 있다면

오늘 이 날이

연애의 한 페이지로 남겠지만,

솔로라면 나 자신의 한 페이지로

남을 것입니다.

무자극 모드 ON

'솔로 탈출'이라는 말을 많이 씁니다. 연애를 시작하는 기쁨을 잘 표현하는 말이라고 생각해요. 그렇다고 해서 탈출하지 못한 이들이 갇혀 있는 것이라 생각할 필요는 없습니다. 솔로는 감옥도 낙오도 아니며, 연애 또한 해방도 낙원도 아닙니다. 그저 상태일 뿐입니다.

썸은
스키처럼 타세요

살면서 이렇게 간질간질하고 콩닥콩닥한 기간이 있을까요? 썸은 그 순간만 놓고 본다면 연애보다도 더 낯간지러울 정도로 특수한 기간입니다. 이미 서로 마음이 있는데, 자기 둘끼리만 온갖 걱정과 우려를 섞어 장황한 연애소설의 발단과 전개를 써 내죠. 나중에 사귀고 나서 시간이 좀 지났을 때 돌아보면, 썸은 창피하면서도 귀엽고 사랑스러운 추억이 됩니다.

아, 이건 결국 사귀는 것으로 마무리되었을 때의 일이지요. 연애의 관문인 썸에서 좌절되는 경우도 흔하게 일어납니다. 관심의 스파크가 살짝 튀었으나, 이런저런 이유로 인해 불씨가 되지 못하고 그저 연기처럼 홀연하게 사라져 버리기도 하죠. 누군가를 연인으로 맞이한다는 것은 새로운 사람과 인간관계를 맺는 것과는 상당히 다른 일입니다. 인간관계는 시작 이후부터가 문제인데, 연인 관계는 시작을 하는 과정부터 문제가 시작되니까요.

저도 몇 번의 연애를 해 봤지만, 시작은 항상 어려웠습니다. 세상의 모든 걱정을 나 혼자 짊어진 듯 촉각을 곤두세웠고, 잘 보이기 위해 휴대폰 메시지 하나마저 썼다 지웠다 난리였죠. 지금 시간에 연락해도 괜찮을까? 무슨 핑계로 연락을 할까? 이모티콘은 뭐가 적당할까, 여기서 이 이모티콘은 주책없는 것 아닐까? 만나면 무슨 이야기를 할지, 그전에 어디서 만나자고 해야 할지….

누군가에게 관심이 생기기 시작했을 때 우리는 주변 친구들에게 많은 상담을 요청합니다. 세상 심각한 표정을 짓고 사소한 것 하나하나에 의미를 부여하며 친구들에게 답을 구하죠. 여러분도 친구의 썸 고민을 다들 한 번쯤은 들어 봐서 아실 거예요. 그때 친구의 모습이 얼마나 호들갑스러운지. 그 모습이 얼마나 웃긴지 잘 알면서도, 막상 내가 그 입장이 되었을 땐 나도 모르게 호들갑을 떱니다. 우리 모두가 사랑 앞에선 그만큼 간절해진다는 증거겠지요.

하지만 너무 신경 쓰다가 썸 단계에서 관계가 흐지부지되고 마는 상황도 경험하거나 목격하게 됩니다. 썸 단계에서 가장 큰 걸림돌은 조바심과 망설임이라고 생각해요. 연애를 1,000번쯤 해 본 사람이 아니라면, 두 가지 감정에 많이 휘둘리게 됩니다. 사랑 앞에선 이성보다는 감정이 훨씬 큰 영향력을 발휘하니까요. 이때 할 수 있는 최선은 최대한 적절한 타이밍에 튀어나올 수 있도록 조절하는 것뿐입니다. 조바심은 망설임을 깨는 촉진제로, 망설임은 조바심을 누르는 브레이크로요.

조바심은 의욕이 넘칠 때 나도 모르게 툭툭 튀어 나옵니다. 썸에 정해진 템포는 없지만, 너무 갑작스러운 경우엔 상대에게 부담을 줄 확률이 높아요. 보통 새로운 사람을 만나는 것은 어느 정도 신중함을 요구합니다. 호감이 있더라도 처음엔 조심할 수밖에 없어요. 대뜸 시작했다가 내가 괜히 상처를 받거나 시간을 낭비하는 건 아닐까 하는 두려움은 누구에게나 있으니까요. 따라서 상대방이 그런 두려움을 내려놓을 수 있게 여유를 주어야 합니다.

빨리 관계를 발전시키고 싶더라도, 초반에는 가벼운 주제를 건드리며 서로의 공통점부터 천천히 찾아가세요. 요즘 재미있는 예능 프로그램이나 좋아하는 노래, 어제 유튜브에서 재미있게 봤던 채널처럼 크게 고민하지 않아도 대화를 나눌 수 있는 것들부터요. 공통점이 하나씩 발견될 때마다, 상대방은 '얘랑 만나면 즐겁구나' 하는 마음에 조금씩 경계를 풀어 갈 거예요. 나 스스로도 그 사람에 대한 이모저모를 알아 갈 수 있고요.

약속도 그런 식으로 잡으면 좋아요. 처음부터 너무 사적이고 조용한 공간보다는 적당한 소음이 있어 어색한 기류를 덜 느낄 수 있는 곳을 찾아가세요. 둘 다 어색함이란 없는 활달한 성격이라면 모르겠지만, 대부분은 어색한 상황에 당황하기 쉽죠. 서로의 관심사가 공유되고 어느 정도 진척이 됐을 때, 그때부터 조금 더 깊은 이야기를 나눌 수 있도록 조용한 공간을 찾아도 늦지 않습니다.

반면 어떨 때는 여유보다는 추진력이 필요합니다. 썸 단계에서 너무 조심스럽게 접근하느라 기회를 놓치는 경우도 있어요. 상대와 친분을 형성했다면, 대화나 만남의 횟수를 의도적으로 늘려야 합니다. 매번 같은 속도를 유지한다면 이미 알고 있는 수

준의 탐구만 반복될 뿐, 더 나아가지 못할 가능성이 높으니까요. 상대방이 거절할까 봐 미리 걱정하지 말고, 먼저 제안하고 추진합니다. 요즘에는 이런 부분에 대해 남녀 구분도 많이 사라졌죠. 누가 먼저 만나자고 하던 상관없습니다. 둘 중에 더 추진력이 있는 사람이 운전대를 잡는 거예요. 거절보다 가슴 아픈 것은 어느 쪽으로도 결론이 나지 않는 것이라 생각해요. 추진의 결과가 좋지 않을 수도 있지만, 그렇다면 그 관계는 거기까지인 것이겠죠.

물론 말처럼 쉬운 것은 아닙니다. 관계가 여기서 끝나 버리지 않을까에 대한 두려움은 그 사람이 간절할수록 더 커집니다. 하지만 그럴 땐 스키장을 떠올려 보세요. 썸 단계는 마치 리프트를 타고 슬로프로 올라가는 과정입니다. 굉장히 고생스럽죠. 스키를 신고 눈밭을 걸어야 하고, 내 차례가 오길 기다렸다가 타이밍에 맞춰 올라타야 해요. 아래를 내려 보면 남들은 신나게 내려가는데, 나는 흔들흔들 불안한 상태에서 천천히 올라갑니다. 내릴 때도 타이밍을 잘 맞춰야 해서 괜스레 긴장되지요.

자, 그렇게 힘들게 올라갔다고 합시다. 이제 우리는 힘차게 폴로 땅을 박차며 하강해야 합니다. 그런데 아래를 보면 두려움이 차오르죠. 주제에 맞지 않게 높은 급으로 올라왔나 싶습니다. 하지만 우리가 내릴 수 있는 결정은 하나뿐입니다. 내려가는 것이죠. 내려가다가 넘어지더라도 올라온 고생이 아깝지 않게 슬로프를 타고 내려갈 것인지, 두려움에 포기하고 다시 쓸쓸하게 리프트를 타거나 걸어서 내려갈 것인지. 내려가는 동안 후회하지 않으려면 용기를 내 폴을 땅에 박고 힘차게 팔을 밀어야 합니다.

오랜만에 찾아온 기회일수록 조바심과 망설임은 강하게 나를 옥죄여 올 거예요. 이번엔 잘해 내고 싶은 마음에. 그렇지만 이거 하나는 항상 기억하도록 해요. 잘 안 되더라도, 또 언제 다시 기회가 찾아올지 모르더라도, 이것이 마지막 기회는 아닐 것이라는 점을요.

무자극 모드 on

썸이라는 것이 둘 사이에 무언가(Something)가 있다는 말에서 나온 거잖아요? 사랑으로 맺어지기 전까진 아직 무언가에 불과하다는 뜻으로도 볼 수 있어요. 놓친대도 너무 아쉬워하지도, 너무 아까워하지도 말기로 해요. 우리가 잃은 것은 조금의 시간뿐입니다. 어쩌면 그보다 큰 경험의 조각을 얻은 걸지도 모르고요.

너와 나의 연락 가치관

연인들은 숨 쉬듯 연락을 주고받습니다. 아마 각 시대별로 존재했던 통신 매체의 사용자 비율을 따져 본다면, 저는 연인이 차지하는 비율이 가장 높았을 것이라 확신합니다. 편지, 삐삐, 유선전화기, 공중전화, 2G폰부터 5G폰까지. 기술이 발전할수록 연인 사이에는 점점 더 튼튼하고 쾌적한 다리가 놓였고, 연락의 횟수는 늘어 갔습니다. 이제 애써 '뭐해?' 하고 묻지 않아도 24시간 연결되어 있으니, 연인의 하루하루를 아주 가까이에서 느낄 수 있지요.

하지만 역시 과유불급은 불변의 진리죠? 연락하기 좋은 여건은 동시에 싸우기 좋은 여건이 되었습니다. 많은 연인이 '연락 문제'로 다투고 있으며, 그것이 화근이 되어 이별하는 경우도 심심치 않게 볼 수 있습니다. 이놈의 연락은 도대체 사랑을 위한 것인지, 사랑을 망치기 위한 것인지!

저도 연애를 하면서 연락으로 다툰 적이 꽤 있습니다. 때로는 제가 미안해하기도 했고, 때로는 제가 짜증을 낸 적도 있습니다. 특히 연애 초기에 이런 문제를 자주 겪죠. 서로 몇 번의 연애를 거쳐 왔다면 어느 정도 본인만의 연락 가치관을 갖고 있습니다. '이럴 땐 꼭 해야지', '이럴 땐 안 해도 되지 않나' 하는 기준이 생기는 것이지요. 서로의 연락 가치관이 연애 초기부터 합치되면 좋겠지만, 대부분은 충돌과 마찰을 경험합니다. 그 과정이 서로에게 힘겨울 수도 있어요. 내가 원하는 대로만 끌고 갈 수는 없으며 반드시 포기해야 할 부분이 발생합니다. 상대에게 무조건적인 포기를 요구한다면, 더 치명적인 문제로 이어질 가능성이 높아요. 특히 해서는 안 될 말이 하나 있어요.

"날 사랑한다면, 그냥 이것 좀 지켜 주면 안 돼?"

우리는 알고 있습니다. 사랑한다고 해서 모든 것을 맞출 순 없다는 사실을요. 나만의 미묘한 사정이 있고 스트레스가 있는 법입니다. 사랑의 크기에 비하면 매우 미약한 것일지라도, 그런 스트레스가 하나씩 쌓이면 단단했던 사랑도 알게 모르게 금이 가게 되어 있습니다.

연락 문제가 특히 민감한 이유는, 객관적으로 보면 별로 어렵지 않게 맞춰 줄 수 있는 것처럼 보이기 때문이에요. 잠깐 10초 시간 내서 카톡 좀 할 수 있지 않나, 아무리 바빠도 1분은 시간 내서 통화를 할 수 있지 않느냐는 관점에서 바라보면 틀린 말은 아닙니다. 하지만 이상하게도 10초, 1분도 챙기기 어려울 때가 있는 법입니다.

이렇게 까다로운 문제인 만큼 누구 한쪽만의 잘못으로 몰아가며 싸우기보다는, 꼭 한 번 자리를 잡고 서로의 연락 가치관에 대해 차근차근 이야기를 나누고 맞춰 가야 합니다.

서로 연락에 대해 어려움을 느끼고 있는 부분에 대해 이야기해 보세요. 제 경우를 예로 들자면, 출퇴근길에 연락하거나, 데이트 후 각자 집으로 돌아갈 때 연락하는 것을 선호하지 않습니다. 그때만큼은 잠시 비워 두는 것이 더욱 편안하다고 느껴요. 출퇴근 시간에는 하루의 생각을 정리하고 싶고, 데이트 후에는 방금 전까지 쭉 붙어 있었으니 잠시 나만의 속도로 돌아가는 시간을 갖고 싶다는 것이 이유입니다. 이처럼 내가 연락하기 어려운 상황과 이유를 솔직하고 자세하게 이야기할수록 좋아요.

그럼 상대방은 그것에 대한 자신의 입장을 밝혀 줄 거예요. '나는 출퇴근 시간에 목소리를 듣는 것이 큰 힘이 되고, 데이트 후에도 여운을 느끼고 싶은 마음에 귀갓길에도 연락을 이어 가고 싶다'와 같은 이유가 있겠지요.

이 문제에선 둘 중 절대적으로 옳은 사람도, 절대적으로 틀린 사람도 없습니다. 그래서 꼭 어느 한쪽이 완전히 포기하고 맞추는 것으로 귀결될 필요는 없어요. 만약 출퇴근길에 조용히 가고 싶었던 사람이 상대의 기분을 맞춰 주기 위해 본인의 평화를 포기한다면? 겉으로는 다툼이 사라져 행복해 보이겠지만, 장기적으로는 좋지 않습니다. 한쪽은 점점 지쳐갈 것이고, 결국엔 맞춰주는 빈도도 줄어 갈 것입니다. 그럼 같은 문제로 또 다투게 될 수밖에 없겠지요. 지겨운 악순환입니다.

이처럼 서로의 입장이 명확하게 대립하는 상황일수록, 더 많은 이야기와 이해가 필요합니다. 상대방의 평화를 희생시키고 내가 행복을 얻는 것, 나의 행복을 포기하면서 상대방의 평화를 지켜 주는 것 모두 완전한 행복도, 완전한 평화도 될 수 없으니까요. 서로가 조금씩 이해하고 맞추는 것이 가장 건강한 방향입니다. 위의 예를 계속 이어 가자면, '매일은 어렵더라도 가끔은 출퇴근길에 연락하기' 정도가 좋은 타협점이 될 거예요.

이때 각자가 희생하는 부분에 대해 고마움을 느끼는 것 또한 중요합니다. 꼭 하고 싶음에도 불구하고 나를 생각해서 자제해 주는구나, 어려움이 있음에도 불구하고 나를 위해 배려해 주는구나. 둘 중 누구도 자신이 원하는 방향으로 결론짓지 못했음에도 불구하고, 둘의 행복 총량은 오히려 더 커질 수 있습니다. 한쪽이 완전히 포기하는 방향으로 맞추면 총합이 1+0=1이 되지만, 서로 0.3씩만 양보하면 총합이 0.7+0.7=1.4가 될 수 있으니까요.

연락 논란을 종결시킬 수 있는 방법은 이것이 전부입니다. 가치관을 맞춰 가다 보면 결국 하나씩 자리를 찾아가게 됩니다. 출퇴근길 연락을 부담스러워 했던 쪽이 한두 번 하다 보니 생각보다 불편하지 않아서 본인이 먼저 하게 되는 비중이 늘릴 수도 있죠. 오히려 상대가 이제 더 이상 안 받아 줘서 서운하다며 투정을 부릴지도 몰라요.

이런 그림은 결국 이해를 바탕으로 한 합의가 있어야 가능한 것입니다. 연락은 연인의 과제가 되어서는 안 됩니다. 연락은 어디까지나 서로의 사랑을 더 돈독하게 만들어 줄 수 있는 수단의 역할까지만 해야 합니다. 연락이 연애의 즐거움을 잡아먹는 상황이 되지 않도록, 연락의 빈도나 간격보다는 연락에 담는 내용에 더 충실할 수 있는 사이가 된다면 좋겠습니다.

무자극 모드 on

당장 적당한 타협점을 찾기 어렵다면, 서로가 바라는 방식을 일주일씩 번갈아 해 보는 것도 좋은 방법입니다. 그래도 안 되면? 연락할 틈도 없이 자주 만납시다.

기념일을 기념하는 자세

솔직히 말하면요, 저는 이런 저런 기념일을 만들어 낸 사람들을 별로 좋아하지 않아요. 안 그래도 티격태격할 일이 많은 연인 사이에 완전히 기름을 부어 버린 셈이잖아요? 우리 선조들이 "긁어 부스럼"이라는 속담을 처음 만들었을 때도, 아마 어떤 기념일이었을지도 모릅니다.

생일처럼 하늘이 만들어 준 기념일이나, n백일, n주년 등 우리의 만남으로 시작된 기념일은 좋다 이거예요. 그런데 발렌타인데이 뭡니까? 빼빼로데이, 로즈데이는 뭡니까?

잠시 흥분을 가라앉힐게요. 책의 콘셉트를 살짝 벗어날 뻔했네요. 아무쪼록 기념일은 큰 자극이 분명합니다. 제가 기념일을 맘에 들어 하지 않는 가장 큰 이유는, 평범한 날을 갑자기 사랑의 크기를 가늠하는 콘테스트로 만들어 버린다는 점이에요. 기념일 때문에 싸우는 이유는 딱 하나입니다.

'남들은 잘만 챙기던데, 너는 왜 안 챙겨 줘?'

물론 실제로 저렇게까지 면전에 대고 말하는 경우는 많지 않겠지만, 저런 마음이 있기에 서운한 마음을 내비치게 되는 것이지요. 기념일은 그저 데이트할 핑계쯤으로 삼아 서로 좋은 추억 하나 쌓고 끝내야지, 그 이상 무언가를 찾으려 하면 피곤해집니다. 챙기면 좋지만 안 챙겨도 되는 그런 날일 뿐이에요. 하지만 가끔은 그게 '꼭 챙겨야 하는 일'이 되기도 합니다. 내가 상대를 사랑하기 때문이라기보다는 챙기지 않으면 상대를 사랑하지 않는 것이 되어 버릴까 하는 마음 때문이죠. 그때부터 기념일의 의미는 퇴색됩니다. "사랑 나고 밸런타인데이 났지, 밸런타인데이 나고 사랑 났냐"는 말이 있어요. 사실 방금 지어냈어요.

어차피 기념일이란 제도에서 벗어날 수 없다면, 우리가 기념일을 아주 똑똑하게 이용해 먹을 수 있으면 좋겠어요. 혼자만 해서 되는 건 아니고, 서로의 머리를 맞대야만 가능합니다.

이 작전의 핵심은 기념일에 대한 온도차를 맞추는 것부터 시작돼요. 연애 초반에 확실히 잡고 가면 좋은 부분입니다. 기념일에 대한 의견은 서로가 굉장히 다를 수 있어요. 먼저 각자 '무슨 파'인지 상대에게 명확하게 속내를 밝혀야 합니다.

'나는 n백일은 안 챙겨도 n주년은 챙기는 파야.'

'나는 다른 건 몰라도 크리스마스는 세상에서 제일 행복하게 보내고 싶은 파야.'

'나는 이상하게 2월 14일만 되면 초콜릿을 먹고 싶은 밸런타인데이 파야.'

'나는 다 필요 없고, 생일만큼은 함께 케이크를 먹고픈 귀 빠진 날 파야.'

전생에 한 몸이 아니었던 이상 조금씩 의견이 갈릴 거예요. 그래도 충분히 이야기를 나눠 하나의 결론이 나올 수 있도록 해야 합니다. 한 몸은 아니지만 짝이라는 한 단위로 묶여 있잖아요? '내가 이 날을 챙겼으면 좋겠다고 말해서, 상대가 나를 속물로 보면 어떡하지?' 같은 생각은 접어 두세요. 다 큰 어른이 빼빼로데이에 빼빼로를 꼭 받았으면 좋겠다고 해도 어떻습니까?

사랑은 원래 다 어른의 논리로는 이해할 수 없는 마음을 조금씩은 깔고 가는 걸요. 연애 초반이 지났어도 큰 문제는 없습니다. 앞으로 더 긴 시간을 함께할 텐데, 늦었을 때가 항상 가장 빠를 때지요.

좋아요. 여기까지 도달하는 것이 시작 단계였다면, 이제 미래도 슬쩍 고려해 볼 시간입니다. 보통은 시간이 지날수록 초반엔 챙기던 것들도 점점 줄어들어요. 초반에 챙기다가도 다음 해에 슬쩍 넘어가기 시작하면 그 다음 해에도 넘어가게 됩니다. 그렇게 점점 서로 챙기는 기념일이 줄어들고, 우리가 그걸 챙겼었나 싶은 단계로 돌입합니다. 그때 순간 마음에서 이런 질문이 튀어나올 수 있어요.

'변했나?'

이것이 가장 경계해야 할 태도입니다. 기념일을 상대의 마음 크기를 가늠하는 기준으로 사용하는 것. 물론 어느 정도는 일리가 있는 말이긴 합니다. "밤하늘의 별도 따다 준다던 사람이 별난바도 안 사준다"는 말이 있잖아요(또 방금 지어냈습니다). 그렇지만 사람은 태생이 변하는 존재예요. 변하지 않는 사람이 있다면 혹시 AI가 아닐까 합리적인 의심을 해 볼 법합니다. 그 사람이 변한만큼 나도 변했다는 사실을 돌아보면, 변한다는 것이 꼭 사랑의 몰락을 의미하지는 않습니다.

오래 만날수록 편해지고, 편하다는 것은 무언가를 굳이 말하고 보여주지 않아도 서로의 마음이 같은 자리에 남아있음을 직감적으로 알고 있는 상태예요. 서로 기념일에 챙기지 않아도, 다른 사람에게선 받을 수 없는 일상의 촘촘한 행복을 채워 줄 수 있는 사이가 된 것입니다. 어쩌면 그 사람은 지난 몇 년간 맞지 않는 옷을 애써 껴입으며, 나를 위해 자신을 조금 몰아세웠을지도 몰라요. 자연스럽게 잊히는 기념일은 이제 달력의 수많은 검은 날 중에 하나로 묻어 두기로 해요. 그게 서로가 오랜 시간 곁을 지키며 지치지 않을 수 있게 하는 똑똑한 처신이 될 것입니다.

세상이 정한 기념일이 아니더라도, 서로가 함께할 날 앞에는 생각지도 못하게 기념할 일들이 툭툭 튀어나옵니다. 모두에게 조금씩 의미가 있는 날보다는, 그렇게 우리에게만 의미 있는 '진짜 기념일'을 잘 챙기며 서로를 향해 폭죽을 퐁퐁 터뜨릴 수 있는 사랑을 합시다.

무자극 모드 on

기념일 꿀팁! 그날 하루만 SNS에서 로그아웃해 보세요. 있었는지도 모르게 지나갑니다.

가장 경계해야 할 태도는

기념일을 상대의 마음 크기를

가늠하는 기준으로

사용하는 것 입니다.

의지를 넘어 의존이 될 때, 다이어트가 필요하다

사람이 나약해질 때면 누군가에게 꼭 기대고 싶어집니다. 주로 가까이 있는 사람에게 그럴 확률이 높지요. 그 사람이 내가 힘든 걸 다 알아 줬으면 좋겠고, 힘을 가득 실어 줬으면 좋겠고, 때로는 해결책까지 척척 내주길 바랍니다.

친구도 있고 가족도 있지만, 저는 특히 연인에게 많이 의지하게 되는 것 같아요. 전화도 더 자주 하고, 보고 싶은 마음도 강해져요. 세상은 계속해서 나를 힘들게만 하는데, 연인은 내게 기쁨과 행복을 줄 수 있는 존재잖아요. 그래서 힘들 때면 연인과 연결되어 있는 것만이 나를 지탱해 주는 유일한 힘이라고 느껴집니다.

만나면 내가 요즘 힘든 이야기를 이러쿵저러쿵 털어놓아요. 그럼 연인은 귀 기울여 듣고, 아주 따뜻한 위로와 격려를 건넵니다. 자신이 해결해 주지 못해 미안하지만 잘 될 거라고, 너를 믿는다고 말해 줍니다. 그런 말을 들으면 울컥할 정도로 깊은 위로를 느낍니다. 세상엔 나를 이렇게 지지해 주는 사람이 있구나, 난 정말 부족한 사람인데, 그런 나를 전적으로 사랑해 주는 사람이 있구나! 지친 마음은 조금씩 녹아내리고, 내일은 오늘보다 더 잘 해낼 수 있을 것이라는 자신감이 솟아납니다.

최근엔 이런 과정이 몇 번이고 도돌이표처럼 반복됐어요. 충분한 위로를 얻었음에도 불구하고, 또 다시 날아드는 자극을 견디지 못하고 연인에게 하소연했습니다. 그때마다 연인은 변함없이 제게 위로와 사랑을 주었습니다. 몇 번씩 말한 이야기들도 묵묵하게 들어 줬어요.

그러다 보니 문득 이상한 기분이 들더라고요. 이래도 되는 걸까? 계속 내가 이 사람한테 징징대도 되는 건가? 그게 상대를 힘들게 하고 있는 일은 아닐까?

그때부터 '연인에게 얼마나 의존해야 하는가?'에 대한 고민이 시작되었습니다. 내가 얻는 위로는 크지만, 이런 상황의 반복이 상대를 얼마나 지치게 하는 일인지는 알 수 없었어요. 그래서 슬쩍 물어본 적이 있습니다. 내가 이렇게 칭얼대서 혹시 듣기 힘들진 않느냐고요. 그때 연인은 제게 괜찮다며, 듣기 힘들 때가 온다면 말해 준다고 했습니다. 마음이 놓이는 대답은 아니었어요. 버티고 버티다가, 더 이상은 못 버틸 때가 되어서야 멈추는 것은 좋은 일이 아니니까요.

그래서 연인 의존도를 다이어트해 보기로 했어요. 내 불평을 들어 주다가 폭발해 버리는 모습은 보고 싶지 않았거든요. 그게 그 사람의 의무도 아니고, 내가 그 사람을 만나는 이유도 아닐 것입니다. 의지하는 것까지는 괜찮지만, 의존이 되어 버리면 더 이상 건강한 관계로 보기 어렵습니다.

제가 택한 방법은 '간헐적 하소연'입니다. 요즘 유행하는 간헐적 단식에서 이름을 살짝 빌려 왔어요. 기본적인 작동 원리는 비슷합니다. 간헐적 단식은 식사를 하고 나서 일정한 시간만큼의

의지하는 것까지는 괜찮지만,

의존이 되어 버리면

더 이상 건강한 관계로 보기

어렵습니다.

공복을 유지합니다. 8시간, 16시간, 24시간. 사람마다 그 방법은 다르다고 해요. 간헐적 하소연은 마찬가지로 한 번 하소연을 했으면, 일정한 시간만큼의 공백을 두는 거예요. 간격은 이틀 이상이 적당할 것 같아요. 식사를 이틀 안 하면 건강을 해칠 수 있지만, 하소연은 이틀 정도 참는다고 해서 큰 사단이 나진 않잖아요?

좋은 얘기도 계속 들으면 지겨운데, 나쁜 얘기를 매일 반복해서 들으면 그 귀가 멀쩡할 리 없습니다. 부정적인 에너지는 전염성이 빨라 듣는 이에게도 금세 옮아요. 남의 불평을 듣다 보면 나까지 지쳐 버리죠.

간헐적 하소연에 적응이 됐다면, 하소연 공백기를 조금씩 더 늘려 가도록 합니다. 이틀에서 사흘로, 사흘에서 나흘로. 다이어트도 식사량을 조금씩 줄여 가면 그 양에 적응이 되듯이, 하소연도 점차 줄여 갈수록 예전보다 훨씬 덜 하게 될 거예요. 하소연을 하지 않는 시간은 자연스레 좋은 이야기들이 자리 잡기 시작할 것이고요.

하소연 공백기를 도저히 견딜 수 없을 것 같을 땐, 친구나 가족도 적극 활용하도록 합시다. 연인만이 들어 줄 수 있는 이야기가 있는가 하면, 친구나 가족이 더 도움이 될 만한 주제들도 있을 거예요. 연인에게 하소연을 하지 않으면서도 내 마음을 가라앉힐 수 있는 좋은 방법입니다. 그렇게 연인이 지치지 않도록 배려하다 보면, 우린 연인의 찡그린 얼굴보다 기쁜 얼굴을 더 자주 볼 수 있을 거예요.

무자극 모드 ON

음식도 밤에 먹으면 살찌듯, 하소연도 밤에 하면 부작용이 더 큽니다. 나도 괜히 감성이 충만해져 더욱 예민해지게 되고, 듣는 이도 자기 전에 부정적인 에너지를 뒤집어쓰게 되니까요. 하소연은 간헐적으로, 되도록이면 낮 시간대에 하도록 합시다.

사랑싸움은 이종격투기

이종격투기 경기를 보신 적이 있나요? 서로 다른 종류의 무술로 벌이는 격투를 의미하죠. 복싱으로 싸우든 레슬링으로 싸우든 상관없습니다. 일반 격투기보다 훨씬 다이내믹하고, 예상치 못한 장면들로 가득해요. 자극적인 것을 선호하는 요즘에 딱 맞는 스포츠랄까요? 사랑싸움도 싸움의 일환으로 본다면, 이종격투기에 가깝습니다. 어쩌면 그보다 더 자극적일지도 몰라요. 이종격투기에도 나름 꼭 지켜야 할 규칙은 정해져 있는데, 사랑싸움은 규칙이 없잖아요?

연인은 참 많은 이유로 싸웁니다. 남이 봤을 땐 '아니, 이런 일로 싸운다고?' 싶은 이유로 싸우기도 하지요. 하하 호호 웃다가도, 감정이 상하게 되는 찰나에 예고도 없이 공이 울립니다. 땡땡, 파이트! 싸움이 시작되면 정말 이종격투기와 비슷한 양상이 펼쳐져요. 서로 다른 방식으로 상대에게 불만을 표출합니다. 주먹을 내면 발차기로 받아치고, 엎어 치기가 나왔다가 관절 꺾기로 들어갑니다. 사랑이라는 하나의 링에 놓였지만, 각자 싸우는 방식은 너무도 다릅니다.

저 같은 경우에도 사소한 서운함으로 시작해서 오히려 이러한 부분 때문에 갑자기 심각한 대치 상태로 돌입한 적이 많아요(저희만 그런 거 아니겠죠). 좀 더 자세히 설명하죠.

이제 와서 돌아보면 기억도 나지 않을 일로 싸움이 시작됩니다. 처음에는 싸움이라고 말하기도 민망해요. 이런저런 이야기를 주고받다가 감정이 살짝 상하고, 그걸 트집 잡아 상대에게 투덜댑니다. 그럼 상대도 나름 감정이 상한 부분이 있었는지 제게 투덜댑니다. 그때부터 서로가 각자의 방식으로 문제에 접근하며 본격적인 대립이 시작되죠.

저는 주로 '왜'냐고 물으며 문제의 답을 찾으려 해요. 아마 이게 많은 남자들의 공통된 방식일지도 모르겠습니다. 상대가 왜 그렇게 생각했는지, 왜 그렇게 말했는지, 지금 느끼는 감정은 무엇인지 계속 질문합니다. 엄청 고민해서 하나하나 물어보기보다는 일단 질문을 던지고 답을 듣는 과정에서 고민합니다. 상대의 생각과 감정이 정확히 어떤지 파악할 수 있다면 나도 상대를 이해하고 내 생각도 더 잘 이해시킬 수 있을 것이라 생각하거든요.

"어떤 부분이 가장 마음에 걸려?"

"난 이렇게 생각하는데, 거기에 대해선 어떻게 생각해?"

"그 말은 내 의도랑 다른 것 같아. 혹시 이런 뜻 아니야?"

대충 이런 식입니다. 서로 최대한 많은 말을 쏟아내고, 쏟아진 말들로 퍼즐을 맞춰 난관을 헤쳐 나가길 바라지요. 반면, 여자 친구는 정반대입니다. 평소엔 그렇게 서로 잘 맞춰 줘도 싸우는 방식만큼은 정말 정반대죠. 제가 뱉음으로써 생각을 정리한다면, 여자 친구는 시간을 들여 곰곰이 생각하고, 긴 간격을 두고 한 마디씩 뱉습니다. 그래서 저희가 싸우면 이런 모양새가 됩니다.

"그건 무슨 뜻이야?"

"…"

(몇 분이 흐른다.)

"혹시 이렇게 생각한 거 아니야? 난 그런 의미로 말한 건 아닌데."

"…"

(또 다시 몇 분이 흐르고, 드디어 말을 뱉는다.)

"음, 잘 모르겠어. 근데 난 이런 부분에서 기분이 상했던 것 같아."

"그래? 난 아직 잘 이해가 안 돼. 조금 더 자세히 말해 줘."

"…"

(몇 분이 흐른다.)

여자 친구는 몇 분이 걸려 하나씩 답을 내놓고, 저는 그 말에 대해 바로 질문을 던집니다. 침묵이 유지되는 시간 동안에도 제 생각을 말하거나, 또 다른 질문을 던지기도 해요. 처음에는 제가 원하는 속도로 대화가 이뤄지지 않는 점이 많이 답답했습니다. 나는 말하고 싶은 것이 잔뜩 밀려 있는데, 여자 친구는 마치 점심시간 대기 손님으로 꽉 찬 은행에서 천천히 업무를 보는 직원 같은 느낌인 거예요. 무언가를 처리하고 있다는 건 알겠는데, 그 속까지 보이진 않으니 막 조급해지는 거죠.

그래서 언제 한 번은 원래 싸움이 시작된 이유보다 서로의 이런 차이점 때문에 더 크게 싸운 적이 있습니다. 저는 답답함을 토로했고, 여자 친구는 더 긴 침묵을 이어 갔습니다. 저는 침묵하지 말고 지금 머리에 떠오르는 걸 말해 달라고 했어요. 짜증 섞인 말투로요. 그 뒤에도 한참 침묵이 유지되다가, 여자 친구가 드디어 말을 꺼냈습니다.

"난 바로바로 말하는 게 어려워. 너는 바로바로 말도 잘 하고, 질문도 많이 하는데, 나는 그러지 못해. 머리가 하얘지고 정리가 잘 안 돼. 말을 안 하려고 안 하는 게 아니라, 안 나와서 못해."

"…"

이번엔 제가 잠시 침묵했습니다. 무언가를 물어보고 싶은 마음은 목구멍까지 차올랐어요. 하지만 일단 가만히 있어야겠다는 생각이 들었죠.

"네가 쏟아 내는 것들이 나를 더 힘들게 해. 안 그래도 정리가 잘 안 돼서 말을 찾고 있는데, 계속 새로운 질문이 들어오면 난 다 꼬여 버려. 그리고 내가 간신히 할 말을 찾았을 때도, 뱉고 나면 또 질문이 쏟아지진 않을까 걱정하게 된단 말이야. 그럼 또 머리가 하얘지고, 또 침묵하고, 또 너를 답답하게 만들고…."

그때부터 제 머리도 하얘지기 시작하더라고요. 저는 나름 문제를 해결하기 위해 이런저런 질문을 던졌던 것인데, 그게 상대의 숨을 턱 막히게 하는 돌덩어리들이었다니. 우리에겐 어쩌면 싸움의 원인보다 싸우는 방식이 더 큰 문제였을지도 모릅니다. 아니, 분명 그렇습니다.

그래서 그날 이후로 약속했습니다. 여자 친구가 말할 때까지 충분히 기다려 주기로요. 반대로 여자 친구는 너무 침묵이 길어지지 않게 노력하겠다고 했습니다. 그 이후로도 몇 번 다툴 일이 있었는데, 다투는 와중에 이 점을 꼭 신경 쓰려고 했어요. 물론 아직도 완전히 잘 되진 않습니다. 저는 계속 질문이 목까지 차올라 가끔 몇 개를 쏟아내기도 하고, 여자 친구는 또 다시 긴 침묵에 빠질 때가 있습니다. 그렇지만 우리의 싸움은 예전보다 분명 어른스러워졌다고 생각합니다. 서로가 어떤 방식으로 생각하는지 알게 되니, 조금은 상대의 입장을 고려하며 싸우게 되었습니다.

여러분도 혹시 저희와 같은 모습으로 싸우고 있진 않으신가요? 매번 싸울 때마다 같은 방식을 되풀이하고, 그것 때문에 더 크게 싸운 적이 있지 않으신지요? 반복된다는 것은 분명 그것이 확실한 문제점임을 짚어 줍니다. 한두 번은 모르겠지만, 서너 번이 반복된다면 확실히 서로의 '싸움 방식'을 조율할 필요가 있습니다. 그 과정이 쉽진 않을 거예요. 싸움이 시작되면 평소의 모습을 자주 잃게 되니까요. 그래도 그걸 마음속에 딱 새겨 놓고 있는 것과 까맣게 지우고 달려드는 것에는 큰 차이가 있습니다. 서로 싸우다가도, '그러지는 말자'고 약속했던 것이 불쑥불쑥 떠오르면, 날카로운 마음을 한 번씩 꾹꾹 누를 수 있을 테니까요.

링에서 내려오면 우리는 또 언제 그랬냐는 듯, 싱글벙글 웃으며 맛있는 것도 먹고, 좋은 곳도 다녀야 할 사이입니다. 다시는 안 볼 자신이 있는 게 아니라면, 상대방의 숨을 턱턱 막히게 하는 돌주먹만은 날리지 않기로 해요!

무자극 모드 on

경기 시작 전에는 부모님의 안부마저 걸쭉하게 묻던 이종격투기 선수들도, 경기가 끝나면 서로를 부둥켜안고 등을 탁탁 두드려 줍니다. 격투기는 어디까지나 스포츠지, 길거리 싸움은 아니기 때문이죠. 사랑싸움도 이런 점에선 글러브를 벗으면 서로에게 '리스펙'을 외칠 수 있는 스포츠로만 끝나야겠습니다.

이별이 휩쓸고 간 자리

이별의 순간보다 슬픈 것은

이별할 때가 다가왔음을 직감할 때가 아닐까요? 태양이 지고 완전히 깜깜해진 순간보다, 태양이 뉘엿뉘엿 질 때 그 불그스름한 노을이 더 먹먹하게 느껴집니다. 영화 주인공 부럽지 않게 서로에게 많은 사랑을 주고 빛나는 추억을 나눴는데, 결국 그것도 영원하지 않고 저무는 순간이 다가옵니다.

나쁘게 헤어진 것은 오히려 쉽게 잊힙니다. 좋았던 순간을 곱씹을 여유도 없이, 분노나 화 같은 감정들이 지난 시간을 북북 찢어 놓으니까요. 그렇다고 해서 좋은 이별이 있겠느냐만은 분명 아쉬움으로 남는 이별은 존재합니다. 여전히 서로가 좋은 사람이란 것을 알고 내가 앞으로 이렇게 진심어린 사랑을 다시 할 수 있을까 싶지만, 헤어지는 것 외엔 별다른 선택이 없었던 그런 이별. 다들 한 번쯤 겪어 보셨나요?

아쉬운 이별은 살아가는 동안에도 문득문득 떠오릅니다. 그게 가장 큰 자극일 거예요. 그래서인지 많은 사람들이 이별 후에 상대방에게 연락을 하거나, 옛정의 불꽃이 튀어 다시 만남을 이어 가기도 합니다. 하지만 대부분은 같거나 비슷한 이유로 두 번째 이별을 겪게 됩니다. 다시 만나면 이전과 같은 실수는 하지 않을 줄 알았는데, 몰래카메라로 착각할 만큼 똑같은 상황에 놓이고, 결국 같은 방식으로 상황을 대하게 됩니다. 그리고선 다시 이별을 고하며 생각하죠.

'변한 게 없구나, 우리는.'

어쩌면 아쉬운 이별도 결국 실수가 아닌 필연이 아니었나 하는 생각이 듭니다. 실수라고 생각해 미련을 갖지만, 그때가 아니더라도 같은 이유로 헤어지게 되었을지도 몰라요. 사랑의 힘이 강력한 만큼, 이별의 마음도 꽤나 강력합니다. 그렇게 좋았던 사이를 끊어 내려면 그 정도 각오는 있어야 하잖아요. 그 각오는 보통의 마음에서 나오지 않습니다. 어떤 이유가 됐든 우리 사이를 더 이어 갈 수 없겠다는 확신을 강하게 느끼고, 이별 후에 엄청 슬퍼할 것이란 걸 알면서도 감수할 수 있는 단단한 마음에서만 나와요. 그렇기 때문에 그건 충동이나 실수가 아닐 거예요. 온전한 내 자신의 결정에 가까운 것이죠.

지금까지 가슴 속에 간직하고 있는 이별을 자책하거나, 너무 아플 만큼 아쉬워하진 않았으면 좋겠어요. 지나간 인연을 붙잡고 있는 건 많은 감정을 소비하는 일이에요. 되지 않을 일을 붙잡고 있는 사람은 필요 이상의 힘이 들어가, 매순간 낑낑대고 쉽게 지쳐 버립니다. 간절히 바라도 이루어지지 않는 현실을 바라보며 나 자신의 부족함을 크게 느낍니다. 그 사이에 스쳐 지나가는 새로운 가능성의 낌새를 알아채지도 못한 채로요.

첫사랑은 있어도 끝사랑은 없습니다. 사랑은 숨이 붙어 있는 내내 계속 몰려오는 파도 같은 것이에요. 지금 단단해 보이는 사랑도, 결국 서핑보드 위에서 열심히 균형을 잡고 있는 상태일 뿐입니다. 단단한 육지 위에 깊게 뿌리를 내리고 서 있는 나무가 아니에요. 그렇기 때문에 결혼도 누군가를 만나서 정착한다기보다는, 서핑보드에서 떨어지지 않고 오랜 시간 머물러 보기로 다짐

하는 것과 같죠.

파도를 잘 타다가도 예상치 못한 큰 파도가 몰려오면 중심을 잃기 쉽습니다. 물에 빠지면 정말 고통스러울 거예요. 한참을 켁켁 대고, 눈물 콧물 쏙 빼게 되죠. 그렇게 밀리고 밀려 모래사장에 닿게 됩니다. 한 번 물을 먹고 나면, 다시 파도로 뛰어드는 게 쉽지 않아요.

또 얼마 못 가 큰 파도를 마주치면 어떡하나, 물을 먹게 되면 얼마나 힘겨울까. 그런 생각 때문에 이미 한 번 파도를 같이 타봤던 옛 애인을 떠올리는 것일지도 모르겠어요. 새롭게 맞이하는 사람에겐 무수한 변수가 있는데, 이미 한 번 겪어 본 사람은 어느 정도 내가 예측 가능한 범위 내에 있는 것이니까요.

하지만 우리는 그렇게 잘 아는 사이였음에도 불구하고, 결국 예상치 못한 파도에 휩쓸렸습니다. 처음 두 손 꼭 잡고 바다로 뛰어들 땐 아무도 몰랐어요. 그저 이 사람과 함께라면 뛰어들어 볼 만 하겠다, 재밌겠다 하는 마음이었을 뿐. 우리가 이별의 파도에 휩쓸려 널브러져 있는 모래사장은 너무도 넓어서, 또 언제 그런 사람이 눈앞에 나타날지 확신할 수 없습니다. 하지만 그건 예전에도 그랬고 앞으로도 그럴 거예요. 그 모래사장에서 몸을 일으켜 서성이다 보면 우연히 누군가와 마주치게 되고, 몇 마디 나눠 보니 괜찮은 사람이다 싶고, 그럼 또 물 먹은 기억은 잊고 해맑은 얼굴로 파도에 뛰어들게 되겠지요.

그게 더 나은 사람일지, 반대가 될지는 아무도 알 수 없어요. 하지만 평생 모래사장에 누워 상처를 움켜쥐고, 몰아치는 파도를 바라보기만 하는 것은 우리의 일이 아님을 알고 있습니다. 이별이 남기고 간 소금처럼 짠 상처에 쓸리고 계신 분이라면, 조금만 더 쉬다가 모래를 툭툭 털고 일어나세요. 파도가 몰려오고 있습니다. 지난번보다 더 거세 보이지만, 그래서 더 재미있어 보이기도 합니다. 그 파도를 함께 타고 갈 사람은 이미 모래사장 반대편에서 이쪽으로 발걸음을 옮기고 있을지도 모르겠네요.

무자극 모드 on

이별은 가슴 아픈 상처지만, 다음 사랑을 위한 전제조건이기도 합니다. 이별이 있기에 다시 시작할 수 있습니다. 예쁜 조개껍데기 하나 주운 셈 치고, 주머니에 푹 찔러 넣고 다시 걸어갑시다.

이별의 순간보다 슬픈 것은

이별할 때가 다가왔음을

직감할 때가 아닐까요?

Part 2

일상 속 미세 자극

기상 시간에 따른 자극 대처법

알람이 울리기 전에 기상했을 때

알람이 울리기 전에 일어나셨다면, 무엇보다도 늦지 않았다는 사실이 가장 무자극적입니다. 게다가 우리에게는 한 번 더 잠들 수 있는 기회가 생기게 됩니다. 알람이 울릴 때까지 남은 시간이 왠지 보너스처럼 느껴지지요. 같은 7시간이라도 왠지 6+1이 하나 더 받은 느낌이랄까요?

알람소리와 함께 기상했을 때

아주 정확하게 여러분이 의도한 시간에 일어나셨군요. 계획한대로 문제없이 진행된다는 것은 참 좋은 일입니다. 자고 싶은 만큼 잔 것은 아닐 테지만, 정확한 시간에 일어난 덕에 오늘 하루의 시작이 나쁘지 않겠네요. 충분히 무자극적입니다.

알람이 울리고 한참 후에 기상했을 때

아쉽게도 여러분은 계획한 시간에 일어나지 못하셨습니다. 지각이 거의 확실합니다. 굉장히 자극적이지요. 하지만 되돌릴 수는 없습니다. 이 상황의 자극을 조금이나마 줄일 수 있는 방법은, 이미 벌어진 일에 대해 너무 자책하지 말고, 주어진 시간 내에서 가장 효율적으로 움직이는 것입니다. 그렇게 하신다면 지각의 크기도 최소화하고, 조금이나마 내면의 편안함을 찾으실 수 있을 것입니다. 그러다 보면 하루의 끝 즈음에는 이 자극을 모두 잊을 수 있을 거예요.

나쁜 꿈을 꾸었을 때

간혹 나쁜 꿈에 쫓기다가 깨어날 때가 있습니다. 어딘가 뒤숭숭하고, 잠을 제대로 못 잔 탓에 몸도 개운하지 않습니다.

그럴 때 여러분은 어떻게 반응하는 편이신가요? 꿈이 가진 나쁜 기운에 눌려 계속 걱정을 키워 가시나요, 혹은 대수롭지 않게 훅 털고 일어나시는 편인가요?

제 주변을 둘러봤을 땐, 꿈을 대하는 방식도 결국 성격의 차이인 것 같아요. 저는 따지자면 쉽게 털어버리는 편인데, 반면 좀 더 예민하게 신경을 쓰는 사람들도 꽤 많습니다.

원래 나와 다른 성격의 사람에게, 그것에 대해 조언하는 것은 굉장히 조심스럽고 민감한 문제입니다. 그래서 저도 웬만하면 말하려고 하지 않아요. 하지만 꿈에 대해서만큼은 너무 걱정하는 친구가 있다면, 그냥 잊어버리라고 단호하게 말해줍니다.

눈에 보이는, 손에 잡히는 자극들도 너무 많은 세상에 머릿속 이미지로부터까지 자극을 받는 건 고통스러운 일입니다. 게다가 나쁜 꿈에 연연하다가 아침부터 불쾌하게 시작하는 건 본인에게 좋지 않을 거예요. 그래서 딱 한 마디만 하겠습니다.

여러분이 얼마나 생생한 악몽을 꾸셨든, 그것은 '개꿈'입니다.

월요병에 몸부림 칠 때

월요일이 힘든 진짜 이유는, 행복하고 편안한 주말을 보낸 후에 맞닥뜨리는 업무 혹은 학업에 있을 것입니다.

제가 월요일의 자극을 줄이기 위해 하는 행동 세 가지를 소개드릴게요. 첫 번째는, 일요일 밤에 내일 해야 할 일이 무엇인지 떠올리며 적어놓는 것입니다. 불확실한 고통보다는 예측 가능한 고통이 훨씬 견디기 쉽습니다. 내일은 이 정도의 자극이 있겠거니, 마음과 머리에 한 번 새겨두는 것은 생각보다 큰 도움이 됩니다.

두 번째는 월요일 아침 출근길, 등굣길에 볼 드라마, 동영상 혹은 책을 아껴 두는 것입니다. 매를 맞기 전에 손바닥을 비비듯이, 우리에게 조금이나마 따뜻하고 폭신한 보호막이 되어줄 거예요.

마지막으로는 월요일 점심을 가장 먹고 싶은 음식으로 먹는 것입니다. 대부분의 사람은 아주 단순하게 설계되어 있기 때문에, 맛있는 음식을 먹으면 기분이 좋아지게 됩니다. 간식 섭취량을 평소보다 늘려주는 것도 좋습니다.

이 모든 방법을 사용하셔도 아무런 효과가 없다면, 월요일 연차 혹은 자체휴강이라는 필살기를 사용하시길 바랍니다.

아침에 입을 옷이 없을 때

씻고 선크림까지 발랐는데 막상 입을 옷이 없어 당황스러울 때가 있습니다. 옷장에 옷이 한가득 걸려있어도, 입고 싶은 옷은 보이지 않습니다. 이럴 땐 중고등학생 때처럼 교복이 있었으면 좋겠다는 생각도 들지요. 그때는 매일 똑같은 옷이 참 지겨웠는데, 이제는 아무 생각 없이 입을 수 있는 교복이 그립습니다.

이렇게 입을 옷이 없는 옷장에서 어제의 나는, 며칠 전, 몇 달 전의 나는 도대체 어떻게 뭘 입고 돌아다닌 것인지 의문이 생깁니다. 가장 확실한 해결책은 역시 쇼핑을 하는 것이겠지만, 당장은 있는 옷 중에서 선택해야 합니다.

우선 여러분의 SNS나 폰 사진첩을 열어보세요. 그곳에 남아 있는 사진은 분명 마음에 드는 구석이 하나라도 있어 남겨둔 것일 테지요. 왠지 내 모습이 괜찮게 느껴졌던 날이거나, 즐거운 추억의 한 조각일 거예요.

그때 입었던 옷을 버리지 않았다면, 오늘은 과거의 하루를 골라 똑같이 따라 입어봅시다. '나는 이렇게 입는 걸 마음에 들어 했었지'라는 생각에 무릎을 탁 치거나, 좋았던 추억이 떠올라 기분 좋게 오늘의 코디를 완성할 수 있을지도 모르겠습니다.

피부 트러블

거울을 바라보면 언제 생겼는지 모르는 피부 트러블이 빨갛게 자리 잡고 있을 때가 있습니다. 왜 하필 그 위치인지 참 야속합니다.

제가 피부과 의사는 아니지만, 피부 트러블은 제법 솔직한 친구라는 생각이 듭니다. 며칠째 피곤했다거나, 과음을 했다거나, 잘 안 씻었다거나, 기름진 음식을 많이 먹었거나. 분명 그런 시기에 올라오곤 하거든요.

그런 관점에서 보면 피부 트러블은 일종의 알리미 같습니다.

'그동안 내가 참 피곤하게 살았구나, 술을 많이 마셨구나, 꼼꼼하게 씻지 않았구나, 기름진 음식을 너무 많이 먹었구나.'

내 생활 습관이 더 망가지기 전에, 더 큰 질병이 찾아오기 전에 피부 트러블이 고개를 빼꼼 내밀고 경고의 메시지를 던진 건 아닐까요.

피부 트러블이 생겼을 땐 그동안 건강하지 못했던 내 시간들을 돌아봅시다. 정상으로 돌려놓을 때쯤엔 피부 트러블도 조금 사그라지지 않을까 싶네요.

꼬르륵꼬르륵, 장 활동에 대처하는 자세

장 활동의 신호가 참 애석한 타이밍에 찾아올 때가 있습니다. 막 집을 나서려 할 때, 바쁜 일을 하고 있을 때, 심지어는 식사 도중에요.

저는 이럴 때 많이 참는 편이었습니다. 일이든 식사든, 지금 하는 일을 잠시 멈추고 화장실에 가게 되면 흐름이 끊길 것 같아서요. 그런 이유로 장이 보내는 간절한 신호를 외면한 경우가 많았습니다.

물 들어올 때 노를 저으라는 말이 있듯이, 신호가 올 때 바로

응답하면 쉬운 해결을 볼 수 있습니다. 신호를 무시하고 다음으로 미루다 보면, 나중에 억지로 힘을 주게 되는 등, 건강하지 못한 배변활동을 하게 될 확률이 매우 높습니다. 그런 상황이 계속되면 가족에게도 선뜻 말하기 어려운 그쪽 질환을 겪게 될 수도 있고요(저도 잠시 겪은 적이 있습니다).

생각해 보면 장 활동에 5분, 10분을 잠시 투자한다고 해서 큰 문제가 생기지 않습니다. 오히려 나의 건강을 위해 꼭 투자해야 할 시간이지요.

요즘엔 장 활동 신호가 오면 영화 〈겨울왕국〉의 명대사 "렛 잇 고Let It Go"를 되뇝니다. 여러분도 지금 당장 바쁘다고 해서 신호를 외면하지 마세요. 참으면 병이 되고, 병은 큰 자극이 됩니다.

머리 스타일이 마음 같지 않을 때

여러분은 몇 퍼센트의 확률로 본인의 머리 스타일에 만족한 채 하루를 시작하시나요? 저는 30퍼센트가 될까 말까 한 것 같습니다.

분명 머리를 말릴 때는 괜찮게 나오는 것 같은데, 현관문을 나서기 직전에 다시 보면 꼭 볼륨이 죽어있거나 컬이 마음에 들지 않아요. 심할 때는 머리를 말리기 시작한 순간부터 '오늘 머리 스타일은 망했다' 싶은 날도 있고요.

종종 친구나 회사 동료, 연인이나 가족에게 '내 머리 이상한 것 같지 않냐'고 물어보기도 합니다. 막상 진짜 이상하다고 하면 기분이 더 나빠질 걸 알면서도 괜히 물어보곤 하지요.

제 주변 사람들이 다 마음이 여려서인지는 모르겠지만, 그런 질문을 던질 때마다 "어, 이상하네"라는 대답을 들은 적은 없습니다. "그런가? 난 잘 모르겠는데" 혹은 "아니, 안 이상해. 괜찮은데?"라는 대답이 대다수지요. 심지어 부모님께서는 "누구 자식인지 예쁘기만 하다"며 궁둥이를 툭툭 두드려 주시기도 합니다.

결론은 내가 이상하다고 느껴 봤자 남들은 알아차릴 수 없는 정도거나, 굳이 신경 쓸 만큼 이상하진 않은가 봅니다. 머리를 비우고 머리를 바라봅시다.

출근

출근이 자극적인 이유는 강도보다는 빈도에 있다고 생각합니다. 한 번 세게 때리는 것보다, 계속해서 툭툭 치는 게 더 거슬리고 짜증날 때가 있잖아요. 마찬가지로 출근은 반복적이고, 그 반복은 자극을 유발합니다. 여러분이 일반적인 회사원이라고 가정했을 때, 일주일에 무려 다섯 번의 출근이 반복되지요.

반복되는 출근은 어떤 이유에서든 꽤나 자극적입니다. 출근이 행복한 분이 계시다면, 꼭 본받고 싶습니다.

그래도 다행인 점은 출근의 짝이 퇴근이라는 점입니다. 세상

대부분의 것에는 입구가 있으면 출구가 있기 마련인데, 출근이 입구라면 퇴근은 출구입니다.

출근이 다섯 번 있으면 퇴근이 다섯 번 있다는 뜻입니다.

출근함과 동시에 퇴근을 떠올려봅시다. 단, 반대로 퇴근할 때 다음날 출근을 미리 떠올릴 필요는 없겠습니다.

이어폰을 집에 두고 왔을 때

집으로 되돌아갈 수 없을 만큼 멀리 나와 버렸는데, 그제야 이어폰을 놓고 나왔음을 깨닫게 될 때가 있습니다. 지하철에서, 버스에서 음악을 듣는 시간이 유일하게 편안한 시간인데… 이어폰 하나 제대로 챙기지 못한 내가 원망스러워집니다.

이런 상황에서 '오늘만큼은 세상의 소리에 귀를 기울여 봐야겠어'라는 긍정 사고를 펼치기란 쉽지 않습니다. 솔직히 저부터도 그러지 못하거든요. 이어폰을 두고 온 날이면, 하루 종일 잡고 있어도 심심하지 않을 것 같았던 스마트폰이 순식간에 따분한 기계로 전락해버립니다. 카톡이나 웹 서핑도 음악 없이 하려니 무언가 허전하지요.

좋게 생각해보려고 해도, 결국 이런 하루는 조금 허전하게 흘러갈 것입니다. 고작 하루를 위해 이어폰을 또 살 수는 없는 일이니, 오늘 하루는 허전함을 안고 사는 수밖에요.

하지만 그 허전함이 오히려 음악을 더 깊이 즐기기 위한 추진력이 될 수 있다는 놀라운 사실. 집에 도착하면 우주에서 산소를 찾듯 이어폰부터 서둘러 찾아, 두 귀에 꽂아 보세요. 아, 음악이 이렇게 좋은 것이었다니. 그 순간의 쾌감은 지난 수 시간의 허전함을 한 번에 지워 버릴 만큼 짜릿합니다.

역시 음악은 나라가 허락한 유일한 마약임이 틀림없습니다.

버스와 지하철의 타이밍

버스나 지하철을 눈앞에서 놓치거나, 야속한 배차 간격으로 인해 짜증났던 적이 종종 있으셨을 거예요.

저도 그렇습니다. 타이밍이 조금 더 잘 맞으면 좋을 텐데, 항상 어긋나는 것 같은 느낌이었어요.

그런데 다시 생각해보면, 귀신같이 타이밍이 딱 맞아서 지각을 면한 적도 있고요, 아주 좋진 않아도 '이 정도면 선방했다' 싶은 타이밍도 종종 있었습니다. 과학적으로 통계를 내본 적은 없지만, 어쩌면 타이밍 좋음 - 보통 - 나쁨이 각각 33퍼센트 정도의 확률로 일어나는 것일지도 모르겠습니다.

원래 자극적인 것이 기억에 더 강하게 남잖아요. 간사하다고 할지도 모르겠지만, '이야, 참 타이밍이 좋지도 나쁘지도 않았어'까지 기억하기엔 뇌가 너무 바쁘지 않을까요?

따라잡아야 할 것도 많은 세상인데, 바삐 떠나는 버스, 지하철 정도는 놓아주어야겠습니다.

지각하는 사람의 자세

지각을 하면 미안합니다. 약속 장소에 미리 나와 있는 친구, 연인에게 미안하고, 팀원, 직장 상사, 예약한 식당에 미안합니다. 어떤 사연이 있든 지각한 사람이 잘못한 것은 사실이니까요.

그런데 약속 장소(혹은 학교, 직장)에 가기 위해선 뭐라도 타고 가야 합니다. 버스나 지하철, 가끔은 택시 혹은 자가용이요. 늦게 탄 건 본인의 잘못이지만, 탈것이 마음 같지 않은 속도로 가는 건 우리가 손쓸 수 없는 부분입니다.

그래서 적어도 탈것에 탄 상태에서는 미안한 마음을 잠시 잊어보는 것도 괜찮을 것 같아요. 잠시나마 마음의 평화를 찾다가, 탈것에서 내려서 두 발로 가는 순간부터 다시 미안해하기 시작하는 것이지요.

약속 장소에 먼저 와 1분 1초마다 얼굴이 굳어가는 사람이 이 글을 본다면 더 화가 나겠지만, 언젠가 그 사람도 반대 입장이 됐을 때 한 번쯤 써먹어 볼 만한 마음가짐이 될지도 모르겠습니다.

택시 기사님과의 불필요한 대화

(*이 주제는 일부 자극적인 상황에만 해당됩니다. 모든 대화가 자극적이진 않아요.)

택시를 타면 종종 기사님과 원치 않는 대화를 나눠야 할 때가 있습니다. 잔잔하게 몇 마디 주고받다가 끝나는 대화라면 상관없겠지만, 가끔은 불쾌하거나 난처한 경우도 있지요.

저는 이러한 상황에 처할 때면 영혼을 육체 밖으로 내보내는 수련에 임하곤 합니다.

우선 뒷자리에 앉아 조금이라도 더 편안한 환경을 조성합니다. 몸을 편하게 기대고, 들려오는 소리를 그저 물리적인 소리로 만 받아들입니다. 거슬리는 단어라 하더라도 너무 많은 의미를 부여하지 않습니다. 동시에 입은 자동응답 모드로 바꿔 무의식적이고 반사적인 소리를 뱉게 합니다.

"네, 그러게요, 참, 허허허…"

그러다 보면 여러분의 육체와 영혼이 조금 분리되는 듯한 기분을 느낄 수 있을 것입니다. 누구나 그렇게 할 수 있습니다. 학교에서 재미없는 수업을 들을 때, 회사에서 너무나 일이 하기 싫어질 때. 육체는 그곳에 있지만, 영혼은 끝없는 딴 생각의 세계로 떠나게 되는 것처럼요.

자극적인 현대 사회에서 매우 유용한 기술이니, 택시와 같은 상황을 통해 틈틈이 갈고 닦도록 합시다.

내려야 할 역을 놓쳤을 때

아…

내려야 할 역을 그냥 지나쳐 버렸을 때, 머리가 멍해지면서 탄식이 흘러나옵니다.

저는 보통 두 가지 상황에서 역을 지나쳐요. 첫 번째는 너무 피곤해서 잠들었을 때, 두 번째는 보고 있는 책이나 동영상이 너무 재미있을 때요. 이유야 어쨌든 참 당황스럽습니다.

보통 모든 매뉴얼에서, 당황했을 땐 당황하지 말고 침착하게 행동하라고 합니다. 하지만 그 말 자체가 더 자극적으로 느껴질 때가 있어요. 안 그래도 당황스러운데, '마음을 가라앉히자'는 행동 한 단계가 추가되는 것이니까요. 때로는 이 단계마저 생략하고 기계적으로 움직여 보는 건 어떨까요?

[내려야 할 역을 놓쳤을 때 행동 매뉴얼]

① 생각할 필요도 없이 무조건 다음 역에서 내리십시오.

② 반대 방향으로 넘어갈 때 개찰구에서 호출 버튼을 누르고 상황을 설명합니다. 그러면 대부분 무료로 문을 열어 줍니다(양쪽이 연결된 곳이면 이 단계도 생략 가능하지요).

③ 오는 지하철을 바로 타십시오(어느 방면인지 확인이 필요한 경우에는 그것만 확인하도록 합시다).

④ 이번에는 읽던 책이나 동영상은 잠시 넣어두고, 내려야 할 역에만 집중하도록 합니다.

⑤ 잘 내려서 갈 길 갑니다.

미세먼지

얼마 전 오랜만에 파란 하늘을 만났습니다. 며칠간 미세먼지가 아주 심했기 때문에, 파란 하늘이 아주 반가웠어요. 눈이 시원해지고 기관지 구석구석이 맑아지는 느낌이었습니다.

그러다 문득 이런 생각이 들었어요. 도대체 언제부터 하늘이 파랗다는 이유만으로 이렇게 기뻐하게 됐을까?

단지 하늘이 파랗다는 이유로 기뻐하는 우리들의 모습을 보면, 미세먼지라는 재해가 우리들을 조금 귀엽게 만들어 준 것 같기도 합니다.

이것 참, 이 상황에 웃어야 할지 울어야 할지. 하늘이 맑아서 좋긴 하지만, 예전엔 하늘이 원래 맑았는데…. 어제 미세먼지를 그렇게 욕 해놓고 오늘 하늘이 맑다고 이렇게 깨끗하게 잊어버리다니.

이런 저런 생각을 하다가, 제 몸과 마음에 맑고 상쾌한 공기가 끝없이 밀려와 생각을 멈추기로 했습니다. 일단은 오늘 하늘이 맑으니, 그것을 온전히 받아들이는 것이 지금 나에게 가장 무자극적인 일이겠지요.

미세먼지가 나아지는 날이 올까요? 그건 잘 모르겠습니다. 공해가 점점 심해지는 요즘, 갑자기 미세먼지가 나아질 것 같진 않아요. 그래도 혹시 그런 날이 온다면, 하늘이 매일 맑더라도 지금처럼 매일 기뻐할 수 있으면 좋겠습니다.

이걸 아껴야 하나, 말아야 하나

1, 2천 원을 아낄까 말까 정말 고민될 때가 있습니다. 예를 들면, 일반 돈가스는 7천 원인데 치즈 돈가스는 9천 원일 때요.

고작 2천 원짜리 문제지만, 우리의 가치관은 치열하게 대립합니다. 이 상황에서 가장 후회 없는 선택을 내리려면 어떻게 해야 할까요? 그 해답은 아마도 선택의 결과를 받아들이는 우리의 관점에 있지 않을까 합니다.

계속해서 돈가스 이야기를 해봅시다. 일반 돈가스를 선택했다면 아마도 여러분은 조금이나마 절약하는 쪽을 택하신 것이겠지요. 말 그대로 돈을 아꼈습니다. 2천 원은 나중에 음료수라도 사 먹을 수 있는 소중한 자산입니다. 칼로리가 더 적다는 것도 장점이 될 수 있겠네요.

반면 치즈 돈가스를 선택했다고 해도 장점은 참 많습니다. 2천 원을 더 썼지만, 여러분은 더 맛있다고 생각한 쪽을 택한 것입니다. 잘 먹는 건 2천 원보다 더 값진 일이지요. 2천 원은 나중에 다른 곳에서 아끼면 됩니다.

일반 돈가스로 배를 채우고 난 후엔, 누가 사준다고 해도 치즈 돈가스는 더 이상 가치가 없습니다. 그렇게 생각할수록 이 소비는 매우 합리적입니다.

어떤 돈가스를 선택했던, 이처럼 각각의 선택지가 가진 장점에 좀 더 집중한다면 후회보다는 만족이 더 클 거예요. 오늘 아낀, 혹은 오늘 써버린 2천 원이 더 큰 즐거움이 될 수 있길 바랍니다.

주문한 음식이 늦게 나올 때

무자극의 기초원리 중 하나는 '기다림'입니다. 기다린다는 것은 실제로 많은 자극을 해소시킬 수 있습니다.

식당에서 주문한 음식이 늦게 나올 때를 떠올려봅시다. 음식 특성마다 조금 다르겠지만, 보통 20~30분 이상으로 기다릴 때 조금씩 초조함이나 짜증을 느끼게 되지요.

물론 식당 측에서 주문을 누락한 것이 아닌지 확인하는 것은 필요합니다. 확인 결과 이상 없이 준비되고 있다면, 조금만 더 기다려 보세요. 기다리다 보면 언젠가 음식이 나올 것이고, 결국엔 여러분이 느꼈던 배고픔, 초조함 혹은 짜증이라는 자극도 전부 사라지게 될 것입니다.

게다가 음식을 기다리는 시간은 다음과 같은 이점도 있다고 생각하는데, 여러분은 어떻게 생각하시나요?

① 멍 때리고 있을 수 있다(정신회복).

② 대화할 시간이 생긴다(혼자인 경우 유튜브를 볼 수 있다).

③ 배고파질수록 음식을 더 맛있게 먹을 수 있다.

왜 하필 흰색 옷을 입었을 때 음식물이 튈까?

흰색 혹은 밝은 색 옷을 입었을 때 꼭 국물이 튀어 선명한 자국을 남기곤 합니다. 무슨 자신감으로 앞치마를 하지 않았는지, 후회와 함께 짜증이 밀려오지요.

흰색 옷을 입은 날은 하루 종일 신경을 쓰게 됩니다. 평소엔 잘만 기대던 지하철도 괜히 더러운 것이 묻지 않을까 걱정하고, 길을 지나다 어디 스치지는 않을까 경계하고요.

그렇게 신경을 썼으면서 식당에서는 왜 방심했는지 알 수 없지만, 어쩌다 국물이 튀고 나면 오히려 체념을 하게 됩니다. 처음엔 짜증이 나도, 당장 지울 수 없다는 사실을 깨닫고 나면 마음이 편해지는 것도 있어요.

'에이, 이미 튄 걸 어째. 됐다 그래.'

걱정하던 일이 실제로 일어날까 봐 걱정하다가, 그 일이 결국 벌어지고 난 후에는 긴장이 싹 풀려 버리는 것처럼요. 그러고 나면 왜 그렇게까지 걱정하고 가슴 졸였나 하는 생각도 듭니다.

흰색 옷에 국물이 튀지 않으면 더 좋을 거예요. 하지만 국물을 피하려고 너무 신경 쓰는 것도, 튀고 난 후에 계속 신경 쓰는 것도 피곤합니다.

이왕 흰색 옷을 입은 날에는 걱정도 하얗게 비워봅시다.

'도를 아십니까'를 만났을 때

여러분은 길거리에서 일명 '도를 아십니까'를 자주 마주치시는 편인가요? 저는 심심치 않게 마주치는 것 같아요. 전혀 모르는 사람이 나에게 다급하게 접근하는 느낌이 들 때면, '또 왔구나' 싶습니다.

그분들의 자세한 내막은 모르겠지만, 그저 덕담을 하려고 접근한 건 아니라는 점은 잘 알고 있습니다. 손사래를 치며 지나가면 끝이긴 해도, 원치 않은 손님이 길을 가로막는 느낌이 마냥 반가울 수는 없지요.

그런데 제가 깨달은 것이 하나 있습니다. '도를 아십니까' 분들은 타깃의 외적인 부분에 엄청 집중하신다는 점이에요. 첫 마디가 꼭 "얼굴에 복이 많으시네요"인 경우가 많잖아요. 그분들도 나름의 기준에서 복이 많아 보이는 사람, 즉 어떤 이유에서든 인상이 긍정적인 사람에게 접근한다는 것입니다.

이런 관점에서는 나의 외모가 나름 긍정적인 측면을 갖췄다고 해석해 볼 수도 있습니다. 나쁠 것 없지요. 여담으로, 하루는 제가 열심히 차려 입고 나간 적이 있었는데, 우연히 마주친 그분들로부터 "음악 하시는 분이죠?"라는 말을 들은 적도 있습니다. 제가 예술인은 아니지만, '나름 감각 있어 보인다는 뜻일까?'라고 생각하니 그리 나쁘진 않더군요.

반갑지 않은 불청객이지만, 처음 만나는 사람에게 덕담 들었다고 생각하고 지나가도 괜찮겠습니다.

타인의 불평을 듣는 것

누군가 여러분에게 다가와 불평을 늘어놓기 시작합니다. 회사에서 옆 부서 직원이 싸가지 없게 행동해서 짜증나, 자꾸 집안일을 나한테만 미뤄서 짜증나, 여자친구/남자친구가 어쩜 그런 말을 할 수 있는지 정말 짜증나.

'짜증난다'는 말 자체에는 부정적인 에너지가 있어서, 계속 듣고 있다 보면 나까지 그 에너지에 전염되곤 합니다. 평화롭던 내 마음이 부정적인 에너지에 물들어 버리는 건 결코 반갑지 않은 일이지요.

그렇다고 해서 매몰차게 '그래서 어쩌라고' 혹은 '그냥 네가 잘못한 것 같은데 왜 적반하장이야?'라고 말하기란 쉽지 않지요. 안 그래도 예민한 상대를 더 자극하면 갑자기 둘 사이의 감정다툼으로 번질 수 있고, 그렇게 된다면 나에겐 더 큰 문제가 생기는 것이니까요.

이럴 땐 상대의 부정적인 에너지를 빠르게 긍정적인 것으로 전환하는 것에 집중해봅시다. 상대의 기분을 풀어주는 동시에 나에게 전염될 기회를 막는 것입니다.

"그랬구나, 지금 불만이 있구나, 그래서 기분이 안 좋겠구나."

"맛있는 걸 먹을까? 술이나 한잔 할까? 게임을 하러 갈까? 영화를 볼까?"

심각한 문제가 아니라면, 이렇게 다른 활동을 통해 쉽게 잊을 수 있다는 것. 우리도 많이 겪어 본 일이지요. 사람이 때로는 단순해서 참 다행입니다.

축의금,

얼마나 내야 할까?

3만 원을 낼까, 5만 원을 낼까. 아니면 아예 안 가도 괜찮은 걸까.

어렸을 땐 그저 어른들을 따라가서 맛있는 뷔페를 먹는 날이었지만, 나이가 들수록 축하하는 자리엔 축의금이 따르고, 그 돈을 낼 일도 생각보다 많다는 것을 깨닫게 됩니다(내 지인이 이렇게 많았다니?).

'그냥 안 가면 되는 거 아니야?'라고 생각하시고, 또 그 생각을 거침없이 실천으로 옮기실 수 있는 분도 계시겠지만, 적어도 저는 애매모호한 사람의 경사가 있을 때마다 이런 고민에 빠지곤 합니다.

그런데 그런 상황이 몇 번 반복되다 보니, 하나의 결론에 도달하게 되더군요. 3만 원을 내고 '혹시 적게 낸 건 아닐까?' 하고 고민하기보다는, 차라리 2만 원을 더 내고 편안한 마음으로 가는 편이 낫다고요.

나중에 돌려받을 거라는 기대도 잠시 접어두고, 이왕 돈 내고 왔으니 일단 진심으로 축하해줍니다. 그리고 행사장을 천천히 둘러보며, 미래의 내가 주인공이 될 행사를 위한 사전답사의 기회로도 삼아 봅니다. 물론 뷔페도 '아, 배부르다' 할 정도로 충분히 섭취하시는 것 잊지 마시고요.

2만 원은 결코 작은 돈이 아니지만, 내가 전전긍긍하는 그 순간의 감정 소비도 결코 작은 자극이 아닙니다.

치과

대기실에 앉아만 있어도 괜한 긴장감을 주는 곳이 바로 치과입니다. 특유의 약 냄새, 치아를 갈아대는 기구 소리, 환자들의 초조한 표정이 계속해서 마음을 자극하지요.

저도 치과 가는 걸 참 꺼려합니다. 고통도 고통이지만, 가끔은 치료비가 폭탄처럼 쏟아질까 봐 걱정되는 마음도 있습니다. 카운터에서 카드를 긁으며 '평소에 양치를 좀 더 열심히 할 걸' 하는 생각을 얼마나 많이 했는지 모릅니다.

그런데 얼마 전에는 직장 동료와 치과에 함께 간 적이 있었습니다. 미루고 미루다 2~3년 만에 진료를 받으러 간 날이었어요. 그날도 마찬가지로 치과의 분위기와 치료비에 대한 걱정에 눌려 불안해하고 있었지요.

직장 동료는 저에게 이렇게 말했습니다.

"저는 치과의 냄새도 좋아요. 왠지 제가 건강해지는 느낌이에요. 치료받을 때 아프긴 한데, 더 큰 치료를 하기 전에 이만한 치료로 막는 거니까. 전 제가 건강해지기 위해 잠시 겪는 고통은 괜찮아요."

그 말이 저에게 100퍼센트 위로가 됐다면 거짓말이지만, 어느 정도는 위로가 되었습니다. 더 아프기 전에 작은 아픔으로 막는 거죠. 앞으로 치과에 갈 때는 그 말을 많이 떠올릴 것 같습니다. 안 갈 수 있다면 더 좋겠지만요.

미용실에서 연예인 사진을 보여준다는 것

혹시 그런 경험 없으신가요? 내가 가장 원하는 머리 스타일은 연예인 A씨의 사진인데, 이걸 들고 가자니 차마 창피해서 그와 가장 비슷한 일반인 아무개 씨의 사진을 들고 간 경험이요.

A씨의 외모가 굉장할수록 우리의 자신감은 위축됩니다. 헤어디자이너는 연예인 사진을 보고 "손님 이건 연예인이에요"라고 말하며 속으로 비웃진 않을까 괜히 걱정되지요.

하지만 제가 그런 걱정을 조금이나마 내려놓을 수 있었던 하나의 계기가 있습니다.

10년 전, 제가 갓 스무 살이 되었을 때, 지드래곤의 베이비펌에 꽂힌 적이 있었어요. 당시에도 톱스타였던 지드래곤의 사진을 들고 가는 것은 마음이 여린 저에게 엄청난 도전이었습니다. 정말 많이 고민했지만, 그 머리 스타일을 너무나도 해 보고 싶은 마음에, 가까스로 지드래곤의 사진을 들고 가서 보여 주었습니다. 심지어 스마트폰이 보급되기 전이라 A4 용지에 뽑아 갔었어요(지금 생각해도 조금 창피하긴 합니다).

그 사진을 보여드리고 얼굴이 벌개졌지만, 정작 헤어디자이너는 아무렇지 않게 대해주셨던 기억이 납니다. 오히려 '이 머리는 이렇게 컬을 줘야하는데, 머리 길이가 조금 짧기 때문에 완전 비슷한 느낌은 아닐 것이다'라는 식의 프로다운 진단을 내려 주었지요.

결과적으로는 안 비슷했습니다. 헤어디자이너가 필사적으로 노력했지만 얼굴의 간극을 극복해 내지 못하신 것일 수도 있습니다. 하지만 그 이후로는 연예인 사진을 보여드리는 데 조금 당당해질 수 있었지요.

여러분도 원하시는 머리가 있다면 가장 솔직한 사진을 가져가세요. 헤어디자이너에게 이것은 일이고, 일이란 업무지시가 구체적일수록 수월해지는 법입니다.

연예인처럼 될 순 없겠지만, 가장 가깝게 가기 위해서는 고객 스스로 정확히 주문할 수 있어야 합니다. 모호한 사진을 제시했다가 실망스러운 결과를 얻는다면, 그것이야말로 큰 자극이 될 테니까요.

광고 전화

어디서 내 번호를 알아냈는지, 일주일에 꼭 한 번씩은 광고 전화가 걸려옵니다.

쿨하게 전화를 끊어 버릴 수 있는 분이라면 크게 개의치 않으시겠지만, 그렇지 못한 분들에게는 은근히 스트레스가 될 거예요. 듣기는 싫은데 듣고 있는 자신이 싫어지지요.

그런데 너무 미안해하실 필요 없습니다. 물론 굳이 거칠게, 매몰차게 뚝 끊어 버리시라는 말은 아닙니다. 더 이상 듣고 싶지 않다는 의사를 전달하면 되는 것입니다.

전화를 거신 분도 일종의 업무를 하는 것일 텐데, 일이란 게 항상 잘 풀릴 수는 없지요. 여러분과의 통화는 그저 잘 안 풀렸던 경우가 되는 것이고, 그분도 업무시간 동안 전화를 돌리다 보면 몇 번쯤은 잘 풀리는 때도 있을 것입니다.

"바빠서 끊겠습니다."

"고객님, 정말 잠깐이면 되는데요~"

"정말 바빠서 끊겠습니다."

이 정도면 충분합니다. 스트레스 받지 마시고 끊으시면 됩니다.

보안 프로그램 설치

왜 항상 보안 프로그램은 새로 설치해야 하거나, 업데이트를 해야 하는 걸까요? 정부, 금융 관련 사이트에서, 혹은 온라인 쇼핑몰 결제화면에서 자주 보안 프로그램 설치 안내 페이지와 마주하곤 합니다.

컴퓨터 전문가는 아니기에 그 작동 원리를 알 수 없지만, 분명 사용자의 안전을 보장하기 위한 조치일 것입니다. 만약 이 프로그램들이 없었다면 우리는 위험한 상황에 처하게 될지도 모르는 일이지요.

하지만 제가 이러한 이유를 들어 '우리 모두 보안 프로그램을 고맙게 생각합시다'라고 말한다면, 자극 진정에 그렇게 도움이 되지는 않을 것 같아요. 우리가 힘들 때 누군가가 '다 너 잘 되라고 하는 거야'라는 말을 해준다고 해도 크게 위로가 되지 않는 것처럼요.

대신 보안 프로그램 팝업이 튀어나올 법한 사이트에 접속하기 전에는 항상 보안 프로그램에 대한 마음의 준비를 하고 들어가시는 것을 추천 드립니다.

무방비 상태에서 마주하는 자극은 더 당황스럽고 짜증날 확률이 높습니다. 반면 적어도 보안 프로그램이 나올 것이란 걸 미리 인지하고 있다면, '그럴 줄 알았지'라고 생각하며 조금 더 침착하게 대응할 수 있지 않을까요?

영양제

나이가 들어가기 때문인지, 예전엔 부모님이 그렇게 챙겨 주셔도 피하던 영양제를 이제 제 손으로 찾아 먹습니다. 심지어 돈을 써 가면서 사 먹습니다.

그런데 말이죠, 막상 영양제를 한 통 다 비워 본 적은 아직 없는 것 같아요. 이래서 좋대, 저래서 좋대 하는 사람들의 말을 듣고 구매한 영양제는, 처음엔 열심히 먹다가도 바쁜 일에 하나둘 치여 까먹다 보면 결국 존재마저 잊게 됩니다.

하지만 저는 얼마 안 가서 영양제를 또 살 거예요. 반 넘게 남은 영양제가 책상에 굴러다니지만, '알고 보니 이 약이 더 좋대', '지금 나한테는 이쪽이 더 필요한 것 같아' 하는 핑계를 대면서요. 가만 보면, 이건 저보다 훨씬 오랜 세월을 살아오신 부모님도 똑같으시더라고요. 이런 저런 이유로 구매하신 영양제가 수년째 같은 자리를 지키는 것을 여러 번 봤거든요.

영양제를 사는 이유는 표면적으론 더 건강해지기 위해서지만, 더 깊은 곳으로 들어가면 결국 나 스스로 나를 챙기고 싶은 마음에서 나오는 것이 아닐까 해요. 솔직히 영양제를 먹는다고 건강이 눈에 띄게 호전되기는 어렵잖아요. 어디까지나 건강 보조의 역할이니까요. 그럼에도 불구하고, 영양제는 온전히 나만을 위한 투자라는 점에서 큰 의미를 가집니다. 친구, 연인, 가족을 위해서도 아니고 단지 나를 위한 것이지요.

먹다 남기고 또 사고, 다시 먹다 남기고를 반복한대도 어쩔 수 없습니다. 이렇게라도 내가 나에 대한 관심을 유지하지 않으면, 진짜 더 많은 약을 먹어야 하는 상태가 될지도 모르니까요. 우리는 영양제의 의학적인 효능 이외에도, 영양제를 구매하고 챙겨먹는 행위 자체를 통해서도 적지 않은 효과를 얻는 것이 틀림없습니다.

여행지에서
싸우지 않는 방법

평소엔 평화롭던 친구, 연인, 가족 사이도 여행지에서만큼은 꼭 크고 작은 마찰을 빚어낼 때가 있습니다. 재미있자고 간 여행인데, 이렇게 좋은 날 왜 꼭 다툼이 일어나는지.

누구나 여행은 '놀자고' 가기 마련입니다. 그렇기 때문에 마음 한구석에 이 여행은 꼭 즐거워야 한다는 무의식적인 강박이 생깁니다. 따라서, 평소엔 너그럽게 받아들일 수 있었던 모습들도 여행지에서는 촉각이 곤두설 만큼의 자극으로 작용하는 것이지요.

무의식적인 강박으로부터 삐져나온 날카로운 가시.

그런 가시가 돋아날수록, 상대방의 일거수일투족은 점점 더 답답하게 느껴집니다. 메뉴를 고르는 것, 길을 찾는 것, 때로는 입은 옷까지요. 마찬가지로 내가 느끼는 감정을 상대도 고스란히 느꼈을 것입니다. 그 사람 입장에서는 나의 말 하나, 행동 하나가 얼마나 신경이 쓰였을까요.

그래서 여행지에서는 의도적으로 상대방을 더 이해해 보고자 노력합니다. 그 노력의 정도가 여행지가 아닌 일상에서는 늘 유지했던 수준일지도 모르겠습니다. 그렇기 때문에 내가 이 사람과 여행을 떠나오고 싶었을 만큼의 사이가 된 것일 테고요.

여행에서 겪는 무의식적인 강박을 조금 줄이고, 상대의 말과 행동을 딱 평소만큼만 받아들일 수 있어도, 우리는 아마 여행지에서 싸울 일이 없지 않을까요.

맞춤법

한두 번은 실수겠지만, 반복되다 보면 깨닫습니다. 아, 이 사람은 이 맞춤법을 잘못 알고 있구나. 그리고 그때부터 신경이 쓰이기 시작하지요. 내가 저 맞춤법을 꼭 지적하고 싶다, 꼭 고쳐 주고 싶다는 생각이 솟아납니다.

사람 본성이라는 게 고약해서일까요? 왜 그걸 꼭 지적해 주고 싶은 건지. 그런데 솔직히 면전에 대고, 혹은 메신저상이라고 해도, 그걸 콕 집어서 지적하기란 쉽지 않지요. 상대방이 나를 그저 예민한 사람으로 보지 않을까, 혹은 잘난 체하는 사람으로 보지 않을까 하고요.

그래서 준비했습니다. 틀린 맞춤법을 보고도 그냥 지나쳐야 했던 지난날의 자극을 여기서 풀어보세요. 이제부터 제가 맞춤법에 어긋난 문장을 드릴 겁니다. 바로 옆에 고쳐 볼 수 있는 칸도 만들어 둘 거고요. 책에 직접 펜으로 글씨를 써 보며 마음을 가라앉혀 봅시다.

- 맞춤법 좀 틀리면 어때? 그럼 않 되? → (안 돼?)
- 꼭 불편러들이 지적하더라. 어떡해 살려고 그래? → (어떻게)
- 아무튼, 걔 얘기 들었어? 이번에 대기업 취직했데. → (했대)
- 오래 살고 볼 일이야. 나보다 낳은 거 하나 없었는데.
  → (나은)
- 에이, 구지 신세 한탄해 봐야 뭐 하겠니. → (굳이)
- 내가 지난번에 샀으니까, 여기 결재는 네가 하는 거다?
  → (결제)
- 또 연락하자. 오늘 재밋엇어~ → (재밌었어)

새해 목표

세상 모든 사람이 새해 목표를 이뤄냈다면, 지금쯤 세상 모두가 몸짱이 되고, 거리에 흡연하는 사람을 찾아보기 어려우며, 초고스펙화로 인재가 넘쳐나는 사회가 되었을지도 모르겠습니다.

새해를 맞이하는 횟수가 늘어갈수록, 새해 목표는 진짜 목표라기보다는 그저 하나의 의식임을 깨닫게 됩니다. 새해 목표를 세울 때 느낄 수 있는 열정과 활력, 희망과 기대감은 보신각 종소리보다 더욱 선명하게 새해가 되었음을 일깨워주지요.

속담 중에 "오르지 못할 나무는 쳐다보지도 마라"는 말이 있습니다. 개인적으로 포기를 합리화할 때 유용하게 써먹을 수 있는 속담이라 좋아하는 편이지만, 새해 목표에 관해서는 반대로 적용하고 싶어요. 이루지 못할 목표라고 해서 세워 보지도 않을 필요는 없습니다. 현대 사회에서 나무란 보통 오르기 위한 것이라기보다는, 눈으로 보기 위한 것이잖아요. 못 오르더라도 그 나무는 내가 원하는 높이로, 보고 싶은 모양으로 심어 두어도 좋지 않을까 해요.

엄청 거창해도 좋습니다. 못 이룬 것에 대해 자책하지 않고 쿨하게 잊어버릴 수만 있다면요. 물론 운이 좋으면 그중에 한두 개쯤은 이룰 수 있을 거예요. 운이 좋다기보다는, 그만큼 스스로가 노력한 덕분이라고 해야겠군요.

혹시 이 책을 5쇄, 10쇄, 50쇄를 찍게 된다고 해도, 새해를 맞이하는 제 모습을 담은 이 페이지는 변하지 않을 것 같습니다.

돈이 없을 때 하필 사야 할 물품이 생기다니

수중에 돈이 없을 때가 있나요? 돈이 없는 건 매우 일상적이고 자연스러운 상태이기 때문에 굳이 '경험'한다고 표현할 수 없을 것입니다.

그럼에도 불구하고, 원래 없지만 더 없는 경우를 '경험'하게 되는 순간은 분명 찾아옵니다. 이래도 되나 싶을 정도로 돈이 없을 때요. 종종 엎친 데 덮친 격으로 이러한 타이밍에 꼭 사야 할 물품이 생기곤 합니다. 참 야속하지요.

이 책은 경제도서가 아니기 때문에 그런 상황에 처하지 않는 예방법을 알려 드리진 못합니다. 상황은 이미 주어졌고, 어떻게 하면 그나마 자극 없이 그 상황을 벗어날 수 있을지 생각해야 합니다.

우선은 사지 마십시오. 건강에 직결된 것이 아니라면 며칠은 버틸 만합니다. 그렇게 며칠이 지나다 보면 어떤 물품의 빈자리는 잊힙니다. 필수품이라 여겼지만 없어도 되는 물품이었던 것이지요. 이렇게 돈이 없는 상황을 물품 다이어트의 기회로 삼을 수 있습니다.

물론 그렇다고 해서 지갑이 넉넉해지진 않을 겁니다. 소비 총량이 있기 때문에, 절약한 물품 대신 다른 물품이 지출 목록을 차지하게 되겠지요. 하지만 그것 또한 삶에서 나에게 진정으로 필요한 물품을 찾아가는 여정이 아닐까요? 돈이 없을 땐 더욱 천천히 그 여정의 실마리를 풀어 가봅시다.

막상 약속에 나가자니 귀찮을 때

정신을 차려 보니 저번 주에 잡은 약속이 코앞으로 다가왔을 때, 갑자기 미칠 듯한 귀찮음에 사로잡힌 적이 한 번쯤은 (어쩌면 매우 자주) 있으시지요?

어렵지 않게 취소할 수 있는 약속이라면 문제가 되지 않겠지만, 나가기 싫어도 취소할 수는 없는 약속들이 있습니다. 그럴 때 여러분은 어떻게 하시나요? 각자의 성향에 따라, 혹은 상황에 따라 적용해 볼 수 있는 방법 두 가지를 생각해봤어요.

① 나의 만족감을 최대화하자

만족감을 끌어올리면 귀찮음을 조금이나마 상쇄시킬 수 있습니다. 만나는 장소, 먹는 메뉴, 만나서 할 일에 대해 최대한 주도적으로 행동하여 나에게 유리한 쪽으로 끌어오도록 합시다.

귀찮은 약속이라도 가까운 곳에서, 먹고 싶은 음식을 먹거나 평소에 하고 싶었던 것을 할 수 있는 자리가 된다면, 만족감은 크게 상승할 수 있습니다. 그렇게 되면 나가기는 귀찮았어도, 막상 나가니 '참 재미있었더라'는 해피엔딩을 맞이할 수 있지요.

② 나의 에너지 소모를 최소화하자

귀찮지만 어쩔 수 없이 나가야 할 때, 귀찮음으로 인한 자극을 줄이기 위해 나의 에너지 소모를 최소화해 봅시다. 어디서 만날지, 어떤 걸 먹을지, 무얼 할지에 대한 모든 선택 상황에서, 큰 문제가 아니라면 최대한 다른 사람의 선택을 존중하고 따르는 것이지요. 그런 것들을 정하는 것 자체가 큰 에너지 소모를 불러일으키고, 그것은 결국 더 큰 귀찮음과 짜증을 낳게 됩니다. 약속이 몰려오는 파도라면, 여러분은 그 파도에 아무런 저항 의지도 없이 몸을 맡긴 채 힘을 풀어 보세요. 시간은 안 가는 것 같아도 결국엔 흘러갑니다.

타코야끼를 먹고 싶을 때 꼭 현금이 없다

언제 타코야끼 트럭을 발견할지 모르니 가슴 속에 항상 3천 원을 품고 다녀야 한다는 말이 있습니다. 시대가 변해 계좌이체가 가능한 곳도 있지만, 길거리 음식을 사먹기 위해선 여전히 현금이 중요합니다.

카드만 있어도 문제없는 세상을 살고 있기 때문에, 지갑에 천 원짜리 한 장 없을 때가 정말 많습니다. 이런 상황에서 갑작스레 길거리 음식이 풍기는 냄새에 사로잡히게 된다면? 침만 꼴깍 삼키고 무기력하게 돌아설 수밖에요.

이런 자극적인 상황을 방지하기 위해서는 현금 준비가 필수입니다. 그렇다고 해서 무작정 돈을 뽑아 지갑에 넣어두시라는 건 아닙니다. 지갑에 넣어둔 돈은 이런저런 이유로 금방 사라지곤 하니까요.

대신 주로 쓰는 가방들의 가장 안쪽 주머니에 길거리 음식용 현금을 넣어두십시오. 몇 천 원 정도면 충분합니다. 그러면 여러분은 어떤 길거리 음식도 놓치지 않으실 수 있을 것입니다(우리나라 길거리 음식의 성수기인 겨울철에는 평소보다 1.5배에서 2배가량 구비하도록 합시다).

자극을 진정시키는 또 하나의 원리는 바로 이와 같은 준비성입니다. 예상치 못하게 튀어나오는 일상의 자극들도, 작은 준비만 있다면 쉽게 물리칠 수 있으니까요. 작은 준비로 큰 자극을 막을 수 있도록 합시다.

만원 버스 · 지하철

가끔 혹은 자주, 사람이 꽉 찬 버스나 지하철에 몸을 싣게 됩니다. 여름엔 끈적끈적한 살끼리 닿는 느낌이, 겨울엔 숱한 패딩 사이에 압축되는 느낌이 자극적이지요.

그런데 가끔은 만원 버스 · 지하철에 타고 있는 시간이 머리를 비우기 가장 좋은 때가 되기도 합니다.

적당한 공간이 확보된 상황에서는 대부분 스마트폰에 온 신경을 쏟기 마련입니다. 푹 빠져있다 보면 목이 뻐근해지고 눈이 따가워집니다. 끊임없이 외부의 소식을 흡수하느라 이어폰에서 무슨 음악이 나오는지도 잊게 됩니다.

반면 폰도 꺼내기 어려운 만원 버스·지하철에서는 오히려 눈과 목이 편해요. 눈을 감고 심호흡을 할 시간이 생깁니다. 이어폰에서 흘러나오는 음악에도 집중이 되고요.

정신없는 만원 버스·지하철이 어쩌면 정신적으로 가장 고요한 시간이 될 수도 있는 것입니다.

움직이기도 어려운 그 순간에 움직이려고 애쓰지 말고, 눈을 감은 채 버스·지하철의 덜컹거림이 느껴지도록 힘을 풀어 보세요. 그나마 편하게 갈 수 있는 방법이 될 거예요.

맥주 4캔 뭐 고르지

선택장애란 말도 있듯이, 무언가를 선택한다는 것은 참 어려운 일입니다.

2010년부터 편의점에서 맥주 4캔 행사가 당연해지면서, 우리 삶에 또 하나의 선택 거리로 자리 잡았습니다. 2~30종 이상의 수많은 맥주 사이에서 딱 4개를 골라야 한다는 것은 분명 쉽지 않은 일이지요.

저 또한 편의점에서 맥주를 자주 구매하는 사람으로서, 맥주 선택 문제에 주목하고, 그로 인한 자극을 줄이는 방법에 대해서도 고민해왔습니다. 그 연구 결과를 공유 드리오니, 조금이나마 도움이 될 수 있길 바랍니다.

① 4캔을 사지 마십시오

이상하게 들릴지 모르지만, 만 원을 맞추려고 4캔을 사는 것 자체가 강박이 될 수도 있습니다. 4캔에 만 원이라는 것이 굉장히 합리적이긴 하나, 1캔만 사도 충분할 걸 굳이 4캔을 산다면 오히려 낭비라고 할 수 있겠지요.

② 혼자 가십시오

누군가와 함께 가면 아무래도 혼자 고를 때보다는 여유가 줄어듭니다. 혼자 천천히 고민해 보세요. 여유를 확보하는 것이 무자극의 기초 원리입니다.

③ 큰 편의점에 가십시오

작은 편의점에서는 오래 머물다 보면 점원을 신경 쓰게 됩니다. 너무 오래 서성이면 내가 수상한 사람이 된 느낌이랄까요. 가끔은 큰 편의점에서 있는 듯 없는 듯 머무시는 것도 여유로운 선택에 큰 도움이 될 것입니다.

내가 응원하는 팀이 졌을 때

스포츠 경기를 관람하는 것은 꽤 좋은 취미입니다. 광팬은 아니지만 종종 화면으로나마 경기를 시청하는 사람으로서, 영화나 드라마, 책을 보는 것과 비슷한 재미를 느끼곤 합니다. 경기장으로 직접 관람을 하러 가는 경우에는 다른 곳에선 경험할 수 없는 강렬한 생기와 열기를 느낄 수도 있고요.

하지만 스포츠 경기에 깊이 몰입했을 때 생기는 자극이 하나 있습니다. 바로 내가 응원하는 팀이 졌을 때 느끼는 스트레스입니다. 스포츠를 평소에 좋아하지 않는 분이더라도, 올림픽이나

월드컵 국가대표 경기를 보며 짜증 비슷한 감정을 느끼신 적이 있었을 거예요. 영화, 드라마, 책과는 달리 승패가 존재한다는 사실은 이러한 자극을 만들어냅니다.

허나 스포츠도 결국 나의 즐거움을 위해서 보는 것임을 잊지 말아야 합니다. 여가 시간마저 스트레스가 된다면 세상은 정말 팍팍할 것입니다. 나의 응원팀이 이겼을 경우엔 아주 큰 박수를 보내고, 승리의 기쁨을 만끽하세요. 마치 내가 직접 뛰어 쟁취한 승리인 것처럼 생생한 기쁨을 느끼는 것이지요.

반면 나의 응원팀이 졌을 경우엔 감정이입 회로를 차단할 수 있어야 합니다. 자신이 선수가 아닌 한 명의 팬이라는 사실을 결코 잊지 말고, 객관적인 거리에서 그들의 패배를 위로해주세요. 선수들은 얼마나 속상할까요. 패배를 털고 다음 경기에 아무렇지 않게 다시 응원하는 것. 그것이 나와 팀을 위한 가장 좋은 자세가 될 것입니다.

복권

여러분은 종종 복권을 구매하시나요? 저희 아버지께서는 매주 한 번씩은 복권을 구매하십니다. 제가 본 것은 대부분 반으로 찢겨져 탁자 위에 올려진 잔해뿐이지만요. 물론 저도 가끔 복권을 삽니다. 지갑에 현금이 있는 금요일 밤, 우연히 복권 판매점을 마주친다면 그냥 지나칠 순 없는 법이지요.

복권을 손에 쥐면 몽상에 젖어듭니다. 1등에 당첨되면 우선 집을 사야겠다, 집을 사놓으면 미래의 불안이 조금은 해소될 것 같다. 그러고 나서 돈 걱정 없이 여행을 다녀오고, 쇼핑도 하고,

남은 돈은 은행에 넣어두고 조금씩 써야지 하고요.

이런 즐거운 상상은 토요일 밤 추첨시간이 가까워질수록 점점 선명해지다가, 번호를 확인함과 동시에 촛불이 꺼지듯 훅 사라집니다. 어차피 안 될 건 알았지만, 허무하긴 하지요.

날아간 돈은 다시 잡아올 수 없지만, 각종 상상에 빠져들며 느꼈던 즐거움과 재미를 되새겨 봅니다. 어찌 보면 복권은 저렴한 가격에 즐길 수 있는 가장 선명한 VR(가상현실) 체험 티켓이 아닐까 하는 생각이 들어요.

다음에 또 복권을 사고, 또 실망하겠지만, 복권을 구매함으로써 펼칠 수 있는 행복한 상상은 매번 새로운 재미를 줄 것 같습니다. 매일 비슷하게 흘러가는 삶에 적당한 양념 역할도 할 테고요. 아무래도 이번 주엔 꼭 한 장 사야겠습니다.

(예비)탈모

탈모를 감히 이 책에 담아도 될지 고민을 많이 했습니다. 많은 분들에게 탈모는 꽤나 심각한 자극이고, 이 책은 그렇게나 심각한 자극을 진정시킬 수 있는 재주는 없거든요.

그래서 (예비)라는 말을 앞에 붙였습니다. 저 스스로도 예비 탈모인 중 한 명이니, 그 정도는 다뤄볼만하다고 생각했습니다.

저는 유전적으로 보나, 현 상태로 보나 탈모가 될 것이 거의 확실합니다. 광활한 M자 이마, 살짝 허전한 머리숱, 얇고 가냘픈 모발까지. 30대 초반임을 감안할 때, 제법 악조건이라고 볼 수 있습니다.

오히려 주변 사람들이 걱정해요. 탈모되면 어쩌냐고. 그럴 때마다 저는 똑같이 대답합니다.

"괜찮아, 심해지면 머리 싹 밀어버릴 거야."

그게 자기 최면이 되었는지, 다가올 탈모가 그리 두렵지 않습니다. 어떤 머리를 하던지 2주 정도만 지나면 '원래 이랬나' 싶잖아요. 앞으로 제 머리가 어떻게 되던, 저 스스로나 주변 사람이나 모두 금세 익숙해질 거예요.

무엇보다도 같은 증상을 가진 사람들이 꽤 많다는 점을 떠올려 보면, 나 혼자만 머리 빠진 외계인이 아니라는 사실에 조금 마음이 놓이기도 하고요.

감기

누군가에게 듣길, 감기 바이러스는 매년 새로운 종으로 변형되기 때문에 평생 사라지지 않는다고 합니다. 의학적인 지식은 없지만, 1년에 꼭 한 번씩은 감기에 걸리는 것을 보면 그 말이 맞는 것 같습니다.

앞으로 큰 문제가 없다면 50년 정도는 더 살 것 같은데, 그렇다면 약 50번의 감기를 더 겪어야겠군요.

감기에 걸리면 아픈 걸 떠나서 짜증이 날 때가 있어요. 아픈 걸 억지로 참고 회사나 학교에 나갈 때 짜증나고, 어쩔 수 없이 중요한 약속을 취소해야 할 때 짜증납니다. 스트레스가 만병의 근원이라고 하는데, 만병이 스트레스의 근원이라는 말도 성립되는 셈이지요.

하지만 어차피 감기는 아무리 약을 먹어도 2~3일은 고생해야 합니다. 감기로 인해 잃는 시간은 현대 의학으로도 줄일 수 없으니, 우리는 감기가 나으면 하고 싶은 것에 대해서 생각하며 시간을 보내는 것도 괜찮겠습니다.

'나는 곱창을 먹을 거야'.

'영화를 보러 갈 거야.'

'커피 마시고 산책을 할 거야.'

감기에 걸리면 이런 사소한 것들도 (새삼스럽게) 소중한 일처럼 느껴지잖아요. '역시 건강이 최고야, 건강만으로도 나는 행복할 거야' 같은 생각이 솟아나기도 하고요. 물론 감기 기운이 떨어지고 나면 몇 시간도 안 가서 사라질 마음가짐이겠지만, 아플 때 계획을 잘 세워두는 것이 아픔으로 인한 손해를 가장 잘 보상받을 수 있는 방법이 될 거예요.

설거지

집에서 밥을 해 먹기 싫은 이유 중 하나가 바로 설거지입니다. 음식을 준비할 때는 배고픔을 해결해야겠다는 명확한 목표의식이 있고, 요리 자체에 재미있는 요소가 있기 때문에 큰 문제가 되지 않습니다. 하지만 배를 빵빵하게 채우고 나서 움직이고자 하는 모든 의지를 상실했을 때 주어지는 설거지 거리는 원수처럼 느껴지기도 합니다.

이번 편은 저희 아버지의 철학을 하나 소개해드릴까 합니다. 항상 큰 불만 없이 설거지를 하시는 아버지의 철학은 "설거지는 번개같이 단결에 해치우자"입니다.

군대처럼 다소 딱딱한 느낌을 풍기기도 하는 문구지만, 나름 과학적인 원리가 숨어 있습니다. 첫째, 설거지에 대한 귀찮음은 시간에 비례합니다. 쉬었다가 한다고 해서 갑자기 설거지를 하고 싶은 마음이 솟아나진 않지요. 더 귀찮아질 뿐입니다.

둘째, 아무리 물에 담가 둔다고 한들 시간이 지나면 밥풀이나 양념이 눌어붙게 됩니다. 결국 설거지를 방치한다면 나중에 더 많은 힘을 쓰고, 더 귀찮은 과정을 견뎌내야만 하는 것이지요.

그 철학을 몇 번 실천에 옮겨본 결과, 역시 끝내놓고 나면 후련하다는 교훈을 얻었습니다. 다시 한 번 되뇌어 볼까요?

"설거지는 번개같이 단결에 해치우자."

참 아까운
배송비

무료배송 조건을 충족시키지 못해 배송비를 지불해야 할 때, 꽤나 아깝다는 생각이 들곤 합니다. 백만 원짜리 물건이라면 2,500원이 큰 문제가 되진 않겠지만, 만 원짜리 물건을 살 때는 분명히 크게 느껴질 수밖에 없습니다.

대부분 쇼핑몰은 3만 원 혹은 5만 원 이상 구매했을 경우 무료배송을 제공합니다. 무료배송 조건이 애초에 존재하지 않았다면 아쉬울 일도 없을 텐데, 이렇게 '조건'이라는 게 붙으면 괜히 더 신경 쓰이기 마련입니다.

조건부 혜택은 합리적인 기회가 되기도 하지만, 때로는 더 많은 힘을 쏟게 만드는 함정이 되기도 합니다. 무료배송 혜택은 조건 충족을 위해 돈을 더 써야하지요. 겸사겸사 우리에게 정말 필요했던 물건을 함께 산다면 괜찮겠지만, 그게 아니라면 우리는 결국 충동적인 추가 소비를 하게 되는 것입니다. 무료배송으로 돈을 아낀 것 같지만, 오히려 더 쓴 게 되는 것이지요.

결국 조건에서 자유로워져야 애초에 우리가 딱 예상했던 만큼만 힘을 쏟을 수 있습니다. 순간 조건이 솔깃하다고 해서 계획에 없던 힘까지 투자한다면, 지금 당장 아까운 배송비보다 더 안타까운 계좌 내역과 카드 명세서를 맞이하게 될지도 모른다는 점. 이 기회를 통해 다시 한 번 기억하도록 합시다.

할부

직장인이 되고 신용카드를 쓰게 되면서, 종종 할부를 통해 물건을 구매합니다. 지금 당장 가진 돈이 부족하더라도 사고 싶은 물건을 살 수 있다는 점은 쉽게 뿌리칠 수 없는 유혹입니다.

그런데 할부금이 쌓이다 보면 참 부담스럽습니다. 달마다 빠져나가는 할부금을 보면 괜히 생돈을 뺏기는 느낌이 들고, 심지어 할부로 산 물건이 얄미울 때도 있지요.

저도 한때 할부금이 많이 쌓여 잠시 허덕였던 적이 있는데요, 지금은 할부로부터 받는 자극을 줄이기 위해 노력 중입니다. 경제적으로는 할부 결제 자체를 줄여나가고 있고요, 정신적으로는 할부로 산 물건에 좀 더 애정을 붙여보고 있습니다.

그 물건은 우리에게 사랑을 받아 마땅합니다. 얼마나 갖고 싶었으면 미래의 나까지 끌어와 샀을까요? 할부금이 빠져나가는 날마다 그 물건을 그토록 사고 싶어 했던 때의 마음가짐, 그리고 현재 나의 삶에서 그 물건의 쓸모 있음 정도에 대해서 생각해 봅시다. 할부금을 갚아 나갈수록 그 물건은 미래의 내가 짊어지고 가야 할 짐이 아니라, 조금씩 지금의 나에게 속한 물건이 되는 것입니다.

그리고 짧게는 수개월, 길게는 수년에 거쳐 할부금을 갚기 위해 끈질기게 경제활동에 임해온 나의 모습을 떠올려 봅시다. 철없이 할부를 질렀던 것은 사실이지만, 나름 잘 갚아나가는 모습은 칭찬해 줄만 하지 않습니까?

이상 아이패드를 충동적인 할부로 사놓고 어떻게든 그것이 헛된 소비가 아니었음을 입증하기 위해 부단히 노력하는 저의 주장이었습니다.

방 청소

방이란 아주 작은 공간이지만, 은근히 치우기 어려운 곳이기도 합니다. 단위 면적당 가장 지저분한 곳을 꼽는다면 방도 분명 순위권 한자리를 차지하지 않을까 싶어요. 어떻게 보면 더러워질 이유도 딱히 없는데, 돌아보면 손대기 싫을 만큼 어질러져 있는 풍경이 이제는 놀랍지도 않습니다.

동시에 방은 세상에서 가장 편안한 공간입니다. 집 자체가 주는 편안함도 크지만, 그중에서도 온전히 나의 시간을 보낼 수 있는 단위인 방은 조금 더 깊은 편안함을 주는 공간이지요.

방이 그래서 더러워지는 것 같아요. 원래 엄청나게 편한 친구 사이에서는 훨씬 더 자유로워지잖아요. 나의 멍청한 면을 스스럼없이 보여 주고, 서로가 조금 잘못했다고 해도 너그럽게 넘기고요. 방도 나에게 너무 편안한 공간이기 때문에, 조금 지저분하다고 해도 별 문제가 되지 않습니다.

적어도 이 공간만큼은 세상의 청결 기준에 맞추기보다는, 조금 더럽고 어지러워도 괜찮다는 마음이 생깁니다.

편한 사이는 결국 격식을 차리지 않아도 돼서 좋은 사이입니다. 누구보다 가까운 나와 방의 사이가 먼지, 먹다 남은 음료 캔, 막 벗어 던진 옷가지가 좀 쌓였다고 해서 멀어질 순 없지요.

방 청소를 하기 싫은 변명처럼 들리시나요? 아주 틀린 말은 아닙니다. 그래도 살다 보면 이따금씩 방을 치우고 싶은 날이 찾아오고, 그럴 때 싹 밀어 버려야 또 쾌감이 있는 법 아닐까요? 방 청소는 결국 그 맛인 것 같아요.

남은 평생, 방과는 이런 관계를 유지해도 좋을 것 같습니다.

씻기 귀찮을 때

하루의 모든 일정을 끝내고 집에 들어와 가방과 외투만 벗어 던지고 침대에 누울 때의 기분, 생각만 해도 포근하고 무자극적입니다. 그대로 침대와 혼연일체가 되어 잠들어 버릴 것만 같은 느낌이지요.

그러다가 문득 이런 생각이 떠오릅니다.

'아, 씻어야 하는데…'

욕실은 바로 몇 발자국 앞에 있지만, 침대에서 몸을 일으켜 욕실에 닿는 것이 거의 불가능한 임무처럼 느껴집니다. 이게 뭐라고 그렇게 귀찮은지, 하루 동안 훨씬 귀찮은 업무 혹은 과제와 싸워온 내 자신이 새삼 대견합니다.

그런 관점에서 보면, 고작 이런 귀찮음에 힘겨워하고 있을 수 있다는 사실이 나쁘지 않습니다. 씻어야 한다 vs 씻기 귀찮다, 지금 이 순간 겨우 이렇게 사소한 고민거리밖에 남지 않았다니. 게다가 선택권은 온전히 나에게 있어서, 씻든 안 씻든 상관없기도 하고요.

잠시 게으름을 잔뜩 머금고 뒹굴뒹굴 거리는 둥그런 판다곰이 될 수 있어 행복한 시간입니다.

이상하게
잠이 안 올 때

어느 날은 이상하리만큼 잠에 들 수 없을 때가 있습니다. 빨리 잠들어야 내일 덜 피곤할 텐데, 그런 생각을 할수록 정신은 더 말똥말똥해지는 것만 같지요. 뒤척이다가 결국 스마트폰을 켜고 세상의 이런저런 소식을 찾아보게 됩니다.

저도 잠이 잘 안 올 때면 스마트폰을 꺼내 들기 일쑤였어요. 그런데 어느 날은 목과 어깨가 많이 뻐근하더라고요. 누워서 스마트폰 하는 것이 건강에 안 좋다는 뉴스가 진짜였구나, 싶었지요. 그래서 스마트폰을 책상 멀리에 엎어 두고 눈을 감았습니다.

그리고는 생각하기 시작했어요. 잠이 안 오는 이유에 대한 생각 말고, 찬찬히 생각해 보아야 할 것들에 대해서요.

리포트를 어떻게 구성해야 할지, 내일 회의 시간에는 어떤 의견을 내야 할지, 며칠 후에 만나기로 한 친구들과는 무슨 메뉴를 먹어야 할지. 이런 것들은 따로 시간을 내서 생각하려고 하면 참 귀찮은 것들인데, 결국 언젠가는 시간을 투자해서 생각해야 할 것들이지요.

스마트폰을 통해 외부의 자극을 흡수하다 보면 오히려 잠이 더 깰 때도 많은데, 위와 같은 내면의 생각거리, 즉 내면의 자극을 하나씩 지워가다 보면 저도 모르게 잠들 때가 많더군요. 잠들지 못하는 시간이 버리는 시간이라면, 이렇게 시간이 필요한 생각들에 투자해 보는 것은 어떨까요? 손해 볼 것 없는 장사이자, 불면 증세로 인한 자극을 줄여 볼 수 있을지도 모르겠습니다.

맺음말

자극 없는 삶, 어딘가 있겠지

"드디어 끝났다!"

이 책의 최종 원고를 넘길 때, 마음에서 입 밖으로 가장 먼저 튀어 나온 문장입니다. 200페이지 넘게 무자극만을 외치는 책이지만, 집필 기간 동안 제 삶은 자극이 가득했습니다. 야근도 유난히 많았고, 스스로가 가진 능력이나 가치관에 대해 많은 혼란을 느끼는 시기였거든요.

하지만 이제 와서 돌아보니, 그 모든 자극이 제가 이 책을 마무리 지을 수 있었던 원동력이 아니었을까 합니다. 자극을 먹고 쓴 무자극적인 책, 조금 모순적인가요? 책을 쓰는 과정은 어떻게 하면 독자들에게 더 큰 편안함을 전달할 수 있을까 고민하는 시간이었던 동시에, 제가 겪고 있는 자극을 잘 이겨내 보자는 다짐의 시간이기도 했습니다. 여러분을 위한 글이면서도, 제 자신을 위한 글이기도 했던 셈이지요.

세상 온갖 자극을 통달할 수 있는 사람처럼 비춰졌을지도 모르겠지만, 제 자신부터 이 책에 적힌 내용을 실천해야 할 사람이에요. 매일 같이 크고 작은 스트레스를 마주하고, 그로 인해 우울과 자존감 하락을 느끼고, 때로는 분노를 느끼기도 합니다. 30대가 되면 어딘가 더 단단한 사람이 될 줄 알았는데, 예상이 무색하게 20대보다 더 많이 흔들리는 중입니다. 앞으로의 10년을 어떻게 살아야 할지 막막하고, 불쑥불쑥 두려움이 찾아와 한숨과 심호흡의 중간쯤 되는 긴 숨을 하루에도 몇 번씩 내뱉습니다.

그래도 다행인 것은, 어찌 됐든 숨이 붙어 있다는 사실이에요. 그렇지 않았다면 저는 이 자극 자체도 느낄 수 없었을 테고, 자극을 극복하기 위해 이런저런 노력을 해 볼 기회조차 없었을 테지요. 노력을 한다는 것은 아직 힘이 있다는 것이고, 의지가 있다는 것입니다. 아무리 세상이 내게 자극을 줘도 나만의 무자극 영역을 찾을 수 있도록 열심히 반항하다 보면, 분명 어떤 자극에도 흔들리지 않을 수 있는 단단한 마음을 얻게 되리라고 믿습니다.

부디 이 책이, 아니면 이 책의 일부분이라도 그런 단단한 마음을 갖추는데 도움이 되었길 바랍니다. 읽어 주셔서 진심으로 감사드립니다!

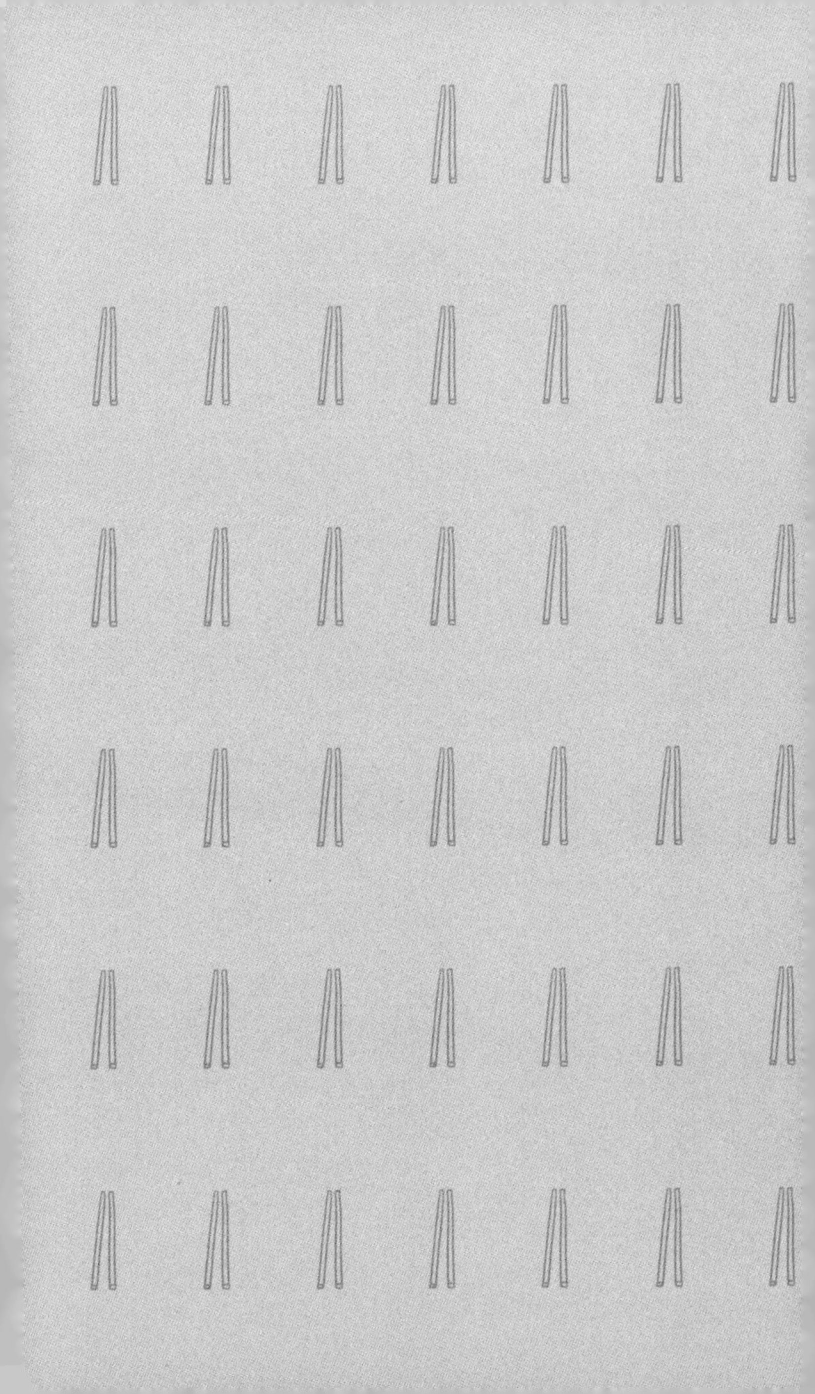